謝六逸全集 五

谢六逸 —— 著
刘泽海 —— 主编

贵州出版集团
贵州人民出版社

世界文学

《世界文学》

谢六逸编译,上海:世界书局,1935年10月初版。

《谢六逸全集》以上海世界书局1935年10月版为底本。

目　录

001　　　　自序

001　　　　第一章　古典主义文学
001　　　　　　第一节　英吉利的古典主义文学
015　　　　　　第二节　法兰西的古典主义文学
042　　　　　　第三节　德意志的古典主义文学

054　　　　第二章　浪漫主义文学
054　　　　　　第一节　英吉利的浪漫主义文学
068　　　　　　第二节　法兰西的浪漫主义文学
080　　　　　　第三节　德意志的浪漫主义文学

091　　　　第三章　现实主义与自然主义文学
091　　　　　　第一节　英吉利的现实主义文学

101	第二节　法兰西的现实主义与自然主义文学
116	第三节　德意志的现实主义与自然主义文学
127	第四节　俄罗斯的现实主义与自然主义文学
140	第四章　各国新兴文学
140	第一节　英吉利的新兴文学
158	第二节　法兰西的新兴文学
173	第三节　德意志的新兴文学
190	第四节　俄罗斯的新兴文学
203	人名索引

自 序

谢六逸

一般的文学研究法约可分为两种。一种是洛尔生（Sharper Knowlson）在他的名著《怎样研究英国文学》（*How to Study English Literature*）里指出的：1.先要懂得文学史的大势；2.懂得杰作的本身与产生某种杰作的时代思潮；3.研究某国文学与同时代的各国文学的关系；4.研究创造文学上的新形式的作家，或者引起文学上的新运动的作家；5.用比较研究的方法。其中第二、四、五等项，对于近代文学的研究是极有效果的方法。

第二种是法国批评家圣佩苇（Saint-Beuve）说的：1.研究作家的某种作品，渐次推广到各种作品；2.研究作家的本身；3.研究作家的家庭；4.研究作家的友人以及同时代的各作家；5.研究作家的衰颓及转化的时机；6.检讨作家的崇拜者以及反对者的言论；7.最后，对于称述作家的特殊才能的恰当的判断,亦应研究之。这一种方法特别注重作家,与前说可以互相参证。

综合这两种方法,我们知道文学的研究,应该以作品、作家、作家的派别、时代等作为基础。如其空口介绍名词、人名、书名,便不能称为研究。但我们却犯了这个毛病,每喜提出名词、人名、书名,而不能更深一层,去研究名词的来源或涵义。作品的分析,作家的意识,更是容易疏忽的。像这样的研究,不免有"瞎子看匾"之讥。

本书选译各篇,原文载日本新潮社出版的《世界文学讲座》第一卷,即《世界文学总论篇》的一部分。原书各篇由研究各国文学的专家分担撰述,所以颇有独到的见解。至于解说详明,资料丰富,也是原作的特色。现在译出,聊供我国研究文学思潮者的借镜。

[民国]二十四年十月

第一章 古典主义文学

第一节 英吉利的古典主义文学

一、古典主义理论的发生

古典主义的理论在英国立定根基以后,其影响不仅及于文学,也风靡艺术全体,就是从杜勒登(John Dryden,1631—1700)到约翰生(Samuel Johnson,1709—1784)的时代。因为这个原故,英文学史里面普通称这个时期为古典主义时代,新古典主义时代,或拟古主义时代。

不过古典主义成为文艺上的理论,以至于成熟,在杜勒登以前已经费了相当的岁月。古典主义的起源,在视为和它对立的伊利莎伯朝的封建贵族的浪漫主义文艺兴盛的时代,是不用说的,甚至于可以远溯到文艺复兴的潮流澎湃推卷而来的15世纪。伊利莎伯朝的文艺是经过人文主义的运动；英语固定运动，宗教革新运动各种过程然后成就的，在这些运动的根底里面，有复兴了的古学，就是希腊、罗马文学的精神，与它的形式一同强有力地在活动。古学实在是使欧洲文化复活的注射液，英国的文化和文化的一支的文艺也是因为这种注射液才得复活的。就整理言语——这是文艺的根本要素——说，也非借重希腊、罗马的古典的力量不可。因此英国古典主义的源流不能不说是很古的。

古典主义起源既如此之早，所以在伊利莎伯朝时代就和自然发生的封建贵族的浪漫主义对峙角逐，到了17世纪的后半，形式的古典主义终于得了胜利，此后约一世纪以上，它支配文学艺术。此种古典主义理论最有势的时候，为杜勒登到坡伯(Alexander Pope, 1688—1744)的时代，约翰生时代要算是衰颓期了。在其时浪漫主义的萌芽，已可得见。由此看来，古典主义的理论始于伊利莎伯朝时代，到了杜勒登、坡伯达于极点，在约翰生时代就到了衰颓期了。显示最早的古典主义理论的萌芽的人，为阿斯克姆(Roger Ascham, 1515—1568)，他在他的著作《校长》(*Schoolmaster*, 1570)里面，他首唱英诗可以采用古典的韵律。

> 据阿斯克姆之说，他以为从来英诗的韵律，是当欧洲尚无诗歌与学术的时代，由峨德族、匈奴人的手输入的，所以粗杂卑贱。英国人在当时还是依然继续模仿野蛮人呢，或是追随完全的希腊人，这两条路线得选一条。后来关于英

诗可否采用古典的韵律的问题,许多诗论家虽各持己见,总之阿斯克姆是主张把英诗的形式去追随古典的最早的人。

他又批评当时读者最多的《亚脱王的死》,他说读起来的确有趣,可是如果问道趣味在什么地方,就不外是公然的杀人与大胆的猥亵行为。书里的故事徒然使人心腐败,引导他人走入非宗教的路,未必能称为杰作。他这样的反对浪漫主义,他赞美取材于希腊英雄的剧与诗。他又主张被艺术法则所束缚并非奴隶,力主文体的完成,这些地方都是古典的。第一个论到亚里士多德的《诗学》的人也是他。

可是较他更精通希腊、罗马的古典,在文学上崇奉古典主义的人,还有徐德尼(Sir Philip Sidney, 1554—1586)。他的《诗歌拥护论》(*An Apologie for Poetrie*, 1595)就是以古典为中心的文艺理论的展开,不妨视为他的古典主义的主张。此书不过是一本篇幅短小的册子,但为英国文艺批评中有组织的著作之最早者。原作由三部而成,就是:1.文艺对道德的问题;2.诗歌本质论;3.当代英诗论。书中古典主义的理论较有组织的部分为"当代英诗论"。依据徐德尼之说,理想的诗歌,当推希腊式的英雄诗。然而他那个时代的英国诗是什么呢?还不过是斯宾塞(Edmund Spenser, 1552—1599)著出《牧童日历》(*The Shepherd's Calender*, 1579)的时代,像样的英雄诗自然没有,连相似的东西也寻不出来。

当时受人赞美的诗,例如叙爱神(Venus)不顾和她的丈夫锻冶神(Vulcan)组织不快的家庭而与战神(Mars)在网中耽享不义的快乐。爱神的这个故事出在《奥德赛》[*Odyssey*,荷马(Homer)原作]中的穿插,言爱神当其跛足的丈夫锻冶神赴勒母洛斯旅行时,她与战神贪恋肉体的快乐。二人上床时,忽被锻冶神暗中布置在上面的网所包络,二人的手足不能动弹,正在苦恼时,锻冶神回来了。徐德尼把当时流行的淫荡猥亵的诗拟之于这种故事。

当他批评戏曲时,更倾向于古典主义,当时的戏曲如不从"三一律"的法则即受责难。自然他写《诗歌拥护论》的时代(1580年前后)莎士比亚(Shakespeare)还没有出来,马洛(Christopher Marlowe, 1564—1593)的《丹巴伦大王》(*Tamburlaine the Great*)也还没有写作,他对于戏曲的不满乃是当然的。如果他看见莎士比亚的剧或是蒋生(Benjamin Jonson, 1573—1637)的剧,也许他会著出别的戏曲论。然而他毕竟是受过古典主义的教养的,即使他看了摒弃三一律法则的莎士比亚剧,他果否能放弃三一律的法则,仍然是可疑的。

他当时所推奖的戏曲为萨克维尔(Thomas Sackville)与罗登(Thomas Norton)二人合作的悲剧《哥波达克》(1562年初次表演)。在他看来,仍有缺点,就是不守三一律的法则。至于其他的作品对于"时间"与"场所"更是胡闹。据他的说明,"场所"有时在亚细亚,有时又在非洲。因此伶人出台以后,必先告诉大家他是在什么地方,然后开始演戏。看客见了三位小姐做摘花的姿势,在台上缓步,就得设想原来那地方就是花园。又如在同一地方以船舶遭难告诉别人,就不能不想像那地方是礁岩。在后方有怪异的东西出现,看客就得设想那地方是一个洞穴。这些都是很不自然的而且不合戏曲的法则。说到"时间"的问题更其胡闹。譬如两个年青的王子公主恋爱,忽而结婚生子,此子忽而长大,与女子恋爱,又养了孩子。像这样长时间的事,只在两小时间就将它表演完了,这也是不合理的。悲剧并非历史,没有一点受"场所""时间"拘束的必要,只消依从"诗的法则"(Laws of Poetry)就行了。就是或者完全创造新的事件,或者依从悲剧的便宜而将历史改作也行。"报告"(Reporting)与"再现"(Representing)完全是不相同的。

以上的注释就是徐德尼预先用三一律的法则作为基础的戏曲批评,他因为受了古典的批评的束缚,所以他不能够理解日本的"能"(Noh-play)或象征剧中所见的特色。他所标榜的古典主义的戏剧批评,可称为"悲喜剧论"。流行于他那个时代的,既非悲剧也非喜剧,是一种混合剧,而且这种剧显出渐渐兴盛的倾向。他主张喜剧应为喜剧,悲剧应为悲剧,二者是各别的,他非难混合剧。此种混合剧始于莎士比亚,由其他戏剧家完成,为英国戏剧的最"本质的"东西,代表英国的国民性。徐德尼之所以不承认此种英国的戏剧形式,就是全为古典法则束缚的原故。他所需求的诗歌戏剧,以希腊、罗马的古典为模范,规则严正,高尚优雅,有道德,雄伟的贵族的艺术,精炼的、统一的、调和的东西。他是一个天生的古典主义者。他的主张在那浪漫的空气浓厚时,也许不能直接使人容受,可是对于后来的古典主义时代是极其有力的。

由上所述,可知英国的文艺批评从早就现出古典主义的倾向。不过在蒋生以前,并没有一种有组织的企图,强制英国文学实现古典的理想。徐德尼虽欲使戏剧成为古典的,可是他对于戏剧作家以外的诗人,仍许他们有想像与形式的独创性和自由。到了蒋生出来,英国才有完全澈底的古典主义者,只有他是一个纯粹的古典主义者。

二、古典主义理论的确立

培根(Sir Francis Bacon,1561—1626)在《论诗》(1605年作,收入《学问的进步》中)里说,诗只受语言的韵律的限制,在其他诸点是极自由的。这话可以看作代表伊利莎伯时代的文艺观。在许多以理论套在文学头上的人,他们在表现上虽然定下严格的规则,可是在材料的取舍安排上极端地许可自由。正如徐德尼虽主张用古典的韵律,可是赞美天才的自由与想像的空阔,是不致因他而受妨碍的。至于蒋生便不是这样,他赞美诗歌的高贵性质,推奖诗人职能的尊严,关于想像的自由与天才的力,什么也没有说及。在他看来,文学既不是人格的表现,也不是想像的创造,不过是人生的幻像,世界的绘画罢了。人生的幻像,可由艺术家的意识的努力创造出来。伟大的文学的创造,虽然需要天才、练习、模仿、研究,但为要使这些成为完全的东西,所以要加上艺术(Art),因为只有"艺术"可以使他们完全。

文学的目的在借艺术为媒介以表现人生的幻像,而艺术的指导则非在批评的规则中去求不可。但是蒋生不想从古典文学的理论与实际里面抽出批评的规则,像奴隶似的一味服从它。他以为看古典做引路者是不妨的;然而不能把它解释为命令者。在各方面容纳古典的理想,这事在英国人的心里还未尝准备。对于古典主义的绝对服从是受了法兰西的影响以后才出现的。蒋生始终是一个古典主义理想的促进者,没有什么改变。

他反抗浪漫主义的激流而在古典主义的逆流里荡漾。这并非他不能够认识时代的伟大,也并非因为他不能够鉴赏给他许多教益的伟大诗人。宁可说因为他感觉伊利莎伯时代的危险,知道那时候的混乱。又因为他知道在那时候"自由"成为"放纵","想像"变成"奇癖";借了天才的名称而一切缺点都可以容许,还有"热情"就是引起"空想"的原动力,甚至于"自然"被极端地解放而没有"艺术"也让它去,这些他是知道的。蒋生等以为如果把这些过多的力量,依照规则组织起来,成为有秩序的东西,使它调和,则将更有效果。蒋生在他的《艺术论资料》(*Timber or Discoveries*,1620—1635?)里面说:

> 我记得那些戏剧作家们常常说——莎士比亚提笔一次,无论写什么东西,他决不涂抹一行,这就是莎士比亚的名誉。我的回答是这样的,如果他涂抹几千行又将怎样。

我以为那些戏剧作家的话是含有恶意的。他们推奖这位朋友的时候，特意选取挑剔的立场，显出他们的愚蠢，这就是语传到后代的原因了。

对于崇拜无秩序，不完全的自己表现的时代的极端主义，蒋生是反抗的。因为他要使过多的"艺术液"的胡乱注射能够统一，有秩序，能调和，所以他借古学的光，企图古典的统制。他探讨希腊的教义与实例以求秩序、限制、调和的原理。如果说法国的鲍洛（Boileau，1636—1711）、拉辛（Racine，1639—1699）是反映他们所生活的时代的极端庄严的礼节的人，那么，蒋生就是在狂乱的空气里面倡说礼节的人了。他重说亚里士多德的《诗学》，在不懂得什么标准的文坛上，建立没有错误的优秀的标准，他把"洗炼"移入，设下"限制"；使艺术成为"冲动的"，同时又使它成为"意识的"。

蒋生这样的在理论方面倡说文学的理智化、组织化、意识化、秩序化，同时在戏剧和诗的创作时也努力于实践他的理论，因此一般文艺的倾向渐次带着古典主义的特色。在蒋生之后，完成古典主义理论，使古典主义时代来到英国文坛的人，就是杜勒登（John Dryden，1631—1700）。

杜氏为王政复古时代的代表诗人、戏剧作家、批评家，他又是英国古典主义理论的建设者。这意味就是说轮到他来古典主义才组织成为"英国的"，成为并非徒然的古典的模仿；当时虽受法国的影响，但并未全部地承认，只是使它变成"英国的"而已。在他看来，本来有

"古典的"和"浪漫的"二元的要素在活动,所以他所主张的古典主义自然不免要受浪漫的要素的影响。他的文学理论受了环境的影响时时发生变化。写《约翰·杜勒登的文艺批评的发展》的庞氏,说他受了外面的关系的影响——例如他和宫廷的关系,对于当时有力的社会势力的关系——他的理论就发生差异。从1666—1675年,他写作受宫廷赏识的英雄剧,标榜古典的合理主义;从1675—1679年,失宠宫廷,因此他的著作不过仅使自己满足,此时他反抗古典主义理论。从1680—1689年,他成了乾姆司第二的文学拥护者,殆未执笔于批评方面,此时他的工作全是正统派的。从1690—1700年,直到他的逝世,再离开朝廷,此时他的工作,以申诉于一般读书阶级为主,他倾向于浪漫的批评,终至于写作可以视为优秀的鉴赏批评的"新旧故事诗"的序文(*Fables Ancient and Modern*,1607)。他的文学理论,就像上述的依时间场合而变迁,同一的古典主义理论,可以看出很大的修正。他之被人称为"英国的""拟古的",就是因为这个原故。

他的广狭两义的古典主义理论,在他著的《剧诗试论》里最能够表示出来。

据他说,亚里士多德以降的其他古典作家,用不着仅用他们来作为模范。他以为即使对于文学理论的最大权威的亚里士多德也不必捧献什么奴隶的颂赞。他说:"仅恃亚里士多德的理论是不够的。因为亚氏的悲剧的模型是从Sophocles、Euripides取来的。如果他看了我们的悲剧,也许他会变更他的心意。"他也不愿生吞法国鲍洛的理论。他以为支配当时法国剧的三一律是不必遵守的。

戏剧的整个的美因此被破坏,反而不佳,创作家的自由也有受拘束之虞,所以他以为虽然"破格"也没有什么妨碍。他又不承认排斥"悲喜剧"的任何理由。虽然有人说"悲喜剧"的情节是轻狂与诚实混合在一起,这是不应该的,但不成为排斥"悲喜剧"的理由。又或借"动作"不能不一贯的理由以否定当时有"主要情节"与"枝叶情节"的英国剧,这也不成其为理由。杜勒登虽然这样地反对古典主义理论,实际他巧妙地利用古典主义理论的痕迹历历可数。总之,他主张对于古典和当时流行的法兰西剧应该适宜地、巧妙地利用它,这也是为古典主义尽力的。在《剧诗试论》里面,他很精细地批评蒋生的《沉默的女人》。就他的批评看来,是依据古典主义法则的,例如"事件"缩为三时半;场面为伦敦,场面只跨于两户人家。情节是一贯的——即以莫洛药老人让财产于其甥屠芬的事件做中心,他的批评不外以这些为始终。但是在古典批评之中,时时有他所独具的鉴赏批评,浪漫的批评像闪光似的在发亮,这是不能忽略的。

三、古典主义的圆熟与衰颓

杜勒登具有很多的浪漫的要素,因此他的戏剧里面,从古典的规范看,似乎是很脱轨的;可是就全体看,他的作品不是想像的显露,而全是在理智上作成的,成为现实的、常规的、一般的东西。这样的倾向,在其他作家的作品里面更显露得厉害,此时不论戏剧或诗歌,文艺的全体都渐渐变成拟古典的了。到了18世纪,此种倾向达于极点。这自然有社会的政治的各种原因,不过这里没有述说的余裕。可以说在这里的,就是从各方面看去,理智与散文的世界也是可以建筑在文艺上面的。

代表此时代的古典主义理论家,有爱迪生(Joseph Addison, 1672—1719)、坡伯(Alexander Pope, 1688—1744)、约翰生(Samuel Johnson, 1709—1784)等三人。爱迪生不能算是一个把新的东西给予古典主义理论的批评家,只能说他是使英国式古典主义得到安定的文学家。他的文学理论是这样的——亚里士多德 + Horace + 法国古典作家 + 常识 + 他的道德观。

如说古典主义变成新的,就是因为加上他的道德观和常识。这确是有意味的事。英国古典主义和希腊、罗马、法国的不同,就是因为爱迪生所代表的常识主义和道德观之故。他发现浪漫的古谣《启维·邱兹》并且加以推奖,看去好像矛盾,其实是他的道德观的原故。《启维·邱兹》的本质是离开道德的,就这一事看,他在文学里怎样探求道德的要素不难窥见了。

探求他的古典主义理论最适宜的著作,是他每星期六在《旁观报》(*Spectator*)上发表的文学论。他的文学论正如圣兹伯雷(Saintsbury)所说,可以集为三种:1.《剧诗论》;2.《评米尔顿的〈失乐园〉》;3.《想像论》。其中《剧诗论》是亚里士多德的理论的注释与敷衍。

据他的主张,三一律的法则无论在什么地方都应该遵守。他称英国剧场的产物——悲喜剧,是"历来诗人的独创中最奇怪的东西之一种"。又英国的悲剧,它的情节的变化和取材的方法虽较之希腊、罗马的为优,不过就"道德"看去则较劣。凡舞台不能允许架空的、浪漫的、夸张的、费事的东西。用阴暗的舞台,精巧的场面和衣裳、豪华的东西等等固不用说,即绘画、幽灵、雷鸣电光等也是不相宜的。由三一律的法则说,重叠的情节算不得杰作。

他的论诗,是从亚里士多德与贺勒斯(Horace)贩来的,他不过在不伤害原本的范围以内,加上自家的常识。他批评米尔顿的《失乐园》,就是实际上应用论诗的古典主义理论。这篇文章是一篇很长的研究,在《旁观报》上,从1721年1月5日的星期六版起,共发表十八期。他的研究方法,是用亚里士多德的叙事诗的法则为标准,又与荷马的《依利亚特》(*Iliad*)、魏吉尔(Virgil)的《耶尼特》(*Aeneid*)比较对照。在最初的四期,他从构成叙事诗的要素,即情节(Fables)、人物(Actors or characters)、感情(Sentiments)与语言(Language)等方面研究《失乐园》;其次的两期,指摘从各方面看出来的《失乐园》的缺点;其他十二期述说《失乐园》十二章的美。原作对于缺点、美点的评价标准不出《诗论》的范围。他的文学论在英国批评史上,也许是古典主义实际批评的典型。这样的实际批评出现,古典主义的理论更其确实了。而且他的批评最惹人注目的,就是除了古典的色彩以外,是很道德的。

坡伯(Pope)较之爱迪生更是一个前进的古典主义者。最能代表他的古典主义理论的著作是由七百四十四行诗所成的《批评论》(*An Essay on Criticism*,1711)。此作和鲍洛的《诗论》颇相似,可是他把当时英国的精神——即理性主义、常识主义浸透在里面,乃是此作的特色。在《批评论》里,他精细地叙述批评家的分类、批评家的资格、批评家的态度等等,总不外叫人精通古典、守古典法则罢了。他的述说方法充满机智,颇有兴味。在《批评论》里有几句说,非昔时为人所造成但被发现了的"规则"就是"自然",是被组织过的"自然"。这几句我以为是表现他的全部的言辞。他教诗人描写经过组织的自然,教人描写从窗里俯视街旁林荫的风景。他以为放在画框里的自然是真的自然,古代人所制作的是自然。所以诗人为了描写自然须以古人做范本,批评家为了批评须以古人的自然做准则。因此,文学在尊重学问与权威的时代,被还原于法则秩序,文学理论由"天生的裁判官"来加以解释。唯有古代的作家,他们的工作较之世界中其他作家优秀,作家如果要想成名,就得巧妙地模仿古代作家。唯有精通古代作家的法则,才有明了当代作家的优点的资格。

站在当时流行的古典主义理论上,风靡18世纪后半期的英国文坛,显示古典主义的最后威力的人,就是约翰生博士。他一方面有自己的独自性,又向古典主义的权威挑战,这事说明他是一个离开当时文化的古典崇拜者。但在别一方面,他有一线浪漫的精神,他承认不依据三一律的莎士比亚的伟大。那个时代正在动摇。自从汤姆士·

格雷出来翻译爱尔兰语的古谣,乾姆斯·麦芬生介绍纪元 3 世纪时古克尔特诗人奥希安(Ossian)的古谣,汤姆士·巴希以《古谣拾遗》公世之后,于是浪漫主义的黎明期已近了,古典主义的影子渐次微薄了。此时古典主义的权威,不过仅由约翰生的人格在那里支持。到了约翰生逝世,古典主义也失其支配力,非让席于浪漫主义不可了。

参考书目

George Saintsbury：*A History of Criticism.* (3 volu, 1000—1004)

R. A. Scott James：*The Making of Literature.* (1928)

C. E. Vaughan：*English Literary Criticism.* (1806)

J. E. Spingarn：*A History of Literary Criticism in the Renaissance.* (1899)

Gilbert Murray：*The Classical Tradition in Poetry.* (1927)

G. M. Miller：*The Historical Point of View in English Literary Criticism from 1570 to 1770.* (1913)

(宫岛新三郎　作)

第二节　法兰西的古典主义文学

一、17 世纪文学

法兰西文学里的古典主义是指 17 世纪的文学，更正确地说，就是指 1660—1685 年这二十五年间路易第十四的盛世的文学。这二十五年间，没有一年不是用不朽的杰作来粉饰的。后世认为法国文学的标准尺度的典型，其中大部分都集中于这二十五年间。自然，法国文学从中世纪到 20 世纪的今日，继续着长久的生命。从古旧的武功诗（Chanson de Geste）数起以至于现代的魏尼、克洛台耳、季特、普鲁斯特，其间自然有许多杰作，灿烂地装饰在法国文学的各个时代。可是像路易第十四盛世的二十五年间，天才辈出，比肩竞胜，如繁盛的花朵，使人夸耀的，究未曾有过。如哲学家巴斯克尔、批评家鲍洛、喜剧作家莫里哀、悲剧作家拉辛、寓言诗人拉方登、说教者包雪等人，他们围绕路易大帝的左右。这是一个建立后人渴仰的典型文学纪念塔的黄金时代。

这里附带声明，悲剧作家柯奈耶、哲学家笛卡儿均为古典文学家，但笛卡儿殁于 1650 年，对于这个时代没有什么影响，至于思想上的影响则为后来之事。柯奈耶写作古典的杰作为 1630 年代，当路易第十四的盛世，他已年老，势成强弩之末。因此柯奈耶可以视作后来的莫里哀、拉辛等剧作家的先导,而笛卡儿不如说他是18世纪哲学的先驱,应当就其特殊地位以论之。

路易第十四的盛世,洵为千载一遇的时代。
安德烈·戴利夫在他的文学史里说:

……各时代自有其时代的价值。时间的潮流正直地继续向前行动,可是令我不禁惊叹几乎难于相信的现象于1660年发生了。突然地而且同时各天才出现,一种不欲滥费那些天才似的普遍的确实的趣味,在那时树立起来了。我回顾这路易第十四时代,只惊异他是奇迹……在这个时代,可以和拉辛、鲍洛、莫里哀、拉方登诸家在餐馆里接席而坐,可以在教会里听包雪的说教,可以看见在街上走路的老态龙钟的柯奈耶,或者亲送巴斯克尔的葬式,或看见迎面而来坐在马车里的塞维里叶侯爵夫人和圣西蒙公爵的丰姿,又或偶然在教父马尔布郎昔那里听听忏悔……如果自己生在这样的盛世,呼吸天才群集时代的空气,将得着无上的满足……甚至连自己也好像变成不朽的人物了。

这样一个划期的时代,于17世纪的后半期在巴黎灿然发光,照遍欧洲的各地。此事虽可从文明史去下观察,以求各种原因,加以各样说明,可是在这令人不忘的天才时代的中心,有一个路易王蹲踞在那里,我们却不能忽略。

1661年首相马札兰殁后,向来耽于宴乐游兴的路易第十四,忽然现出了他的贤明伟大、专制君主的本色,"朕即国家",开始统治法兰西了。路易第十四实为"王权"的最有光彩的化身,他生而落落有大志,有王者的资格。他的风度举止颇能令人尊敬服从。他确信自己有本能和伎俩,能够把当时法兰西的一切权力收入手里,由自己来支配。他走进他的"世纪"犹如归家一样。他不是单纯的专制皇帝。他因为要统治所以团结全国,将法兰西的精英搜集在王座之下。贵族、财力、学问、天才、勇气就是他的王冠后面的光环,发散着光辉。向来为战乱所苦的民众都渴望路易王做他们的保护者,视如守护神一样。诸侯舍弃他们的城堡都来围绕他的宫廷。当时的文物以他为中心,是为他存在的,又是由他开发的。这位扬言"朕即国家"的大帝将更进一步说:"朕即当代的文学、艺术、思想。"

诚如白留替尔之说,路易第十四时代是:

……划文化史上的一时期同时也划法兰西伟大的一时期。而且……甚至在游戏宴乐中也感受皇帝的影响。他的意志力刚强,他的精力旺盛,他的眼光射到各方,他的腕力抑压之处有千钧之重……耶克斯·拉·沙贝尔条约是在几个月的战争之后成立的,法国得了割让地比内耶与耶司特法尼亚时,那时他的朝廷中辉煌无比。至于人民之服从,敌人之崇拜、畏惧、羡望,没有人能够赶得上这位二十九岁的皇帝。

于同样的状态之下,所谓"文人"也和别的人一样,服从皇帝——那些文人就像被自然的不可抗力或引力所吸引似的,被这个旭日吸引,我们并不惊异。那些文人为了他们自己,为了他们的艺术,而且为了保持自己的品格,所以他们和皇帝接近。例如他们想得到一位使自己安乐的菩萨,因为有皇帝的庇护,他们就从"贵族""收税吏"的手中解放出来了……他们的地位虽然不显著,然而皇帝使他们在社会阶级中傲然列位于被规定的一阶级里。由此看来,他们要酬答皇帝的庇护,除了若干的阿谀之外还有什么东西呢。如果万一莫里哀、拉辛、鲍洛等人不曾酬答皇帝的恩义,那末,这几个人会那样的伟大么?(见白留替尔的《法兰西文学史·序说》)

社会造成天才,天才感动社会,在各时代都同然,有时因为时代的原因,个人的势力反而较社会的势力显著的例也不能说没有。路易第十四的时代就是其例。此外,如伯利克利斯时代、奥古斯特时代、乾尔时代和里昂第十世时代,都是文化史上的繁盛时期。

有人在这里提出了一个问题:"伟大的各种特性使17世纪的地位显明地增高,此种特性,与其说是从法兰西的努力与运命而来的,毋宁说是欧洲文明的一般的步调。"自然,问题是提出了。如果有人这样回答:"路易第十四所有的法兰西的特权是这样,他自己的运动时时和欧洲全般的运动与方向一致……因此他自己是一般思想的代表者和媒介者。"这样回答的人,是很能说明的。不过法兰西为什么把这种特权给他呢?这一点还未曾明白地说出来。我们设想法国文学的特性和路易第十四时代的法兰西特性,还有路易第十四的影响,在相同的见地,它们都是原因而非结果。有人能够说,巴斯克尔和包雪的思想都是追踪"欧洲的一般运动的方向"的么?有人论到陆克的思想和葛洛梯斯的思想时,他能够说此二人比较法国的这些人优秀么?即在法国,莫里哀、拉辛、鲍洛们所遭受的反对究竟是从何处来的?我不厌反复地说。如果没有路易第十四个人的干涉,他们终于不易克服他们所受的反对。须得特别注意的,"路易第十四的世纪"不过25年。仅就年数说,不过是一世纪的少数,这25年中的任何一年,无不有杰作辉耀,想到这里,也是很伟大的。我们走上丘陵的倾斜面,非走下对侧的倾斜面不行。由此看来,究竟我们为什么要对它悲观呢?因为人生不过是仅在转变之中的。(白留替尔的《法兰西文学史·序说》)

路易第十四的盛期充满古典派文学的杰作,它不是一朝成就的,这二十五年的兴盛,却有赖于俯瞰中世纪的文艺复兴期以来的努力。

我先简述16世纪的文学,再说明17世纪古典文学的兴衰。

意大利的文艺复兴期有一个流传很广的传说。据说从罗马到布林特的阿比育斯大道旁,有一座古坟,有人在其中掘出了一个美女的木乃伊,面庞如处女似的光艳,双目半闭,樱唇微绽,这是什么一回事呢。大家把这个奇怪的木乃伊运到加彼妥尔殿内,城内的画工都争来画她的容貌。其实大家认为是木乃伊的美女并不是死的,只是在睡觉罢了。她的媚眼,受了文艺复兴的光便睁开了,她的嘴里也露出美妙的声音了。那声音就是古代诗神(Muses)的。

将她活埋的恶徒是罗马的军队。现在有许多"画家"集聚起来,探寻她的美丽和不朽的青春的秘密。这些"画家"就是但丁(Dante)、比特拉赫(Petrarch)。防止她的腐败,使她免于破坏的香油,就是希腊、罗马的精神。希腊、罗马的精神越过阿尔卑斯山进了法兰西,变成法兰西的文艺复兴,于是打开泼辣生动的知识的世纪——16世纪。

历史把15世纪后半到近代的破晓教我们。有火药、纸、印刷、罗盘针的发明,战术因以革新,文化赖以传播,世界从此扩张。土耳其人占领君士坦丁堡,催促希腊学者西进,文艺复兴成了划分"中世纪"和"近代"的界石。16世纪是"古代的"同时又是"近代的"世纪。16

世纪的运命，受了交错的三种思想的支配——就是"文艺复兴"（Renaissance）、尚古学风（Humanism，或译人文主义）、宗教改革（Reformation）。

文艺复兴是古代哲学精神的再生，其倾向或为自然主义的，或为克己的，或为享乐的，总之是哲学上的自由思想，是对于基督教义淡漠的独立的精神主义。它又是后来产生的合理主义，是有时诉于"理性"，有时诉于"自然"或同时诉于"理性"和"自然"的思想，然而在大体上是一种不为宗教的感情尤其是神学的教义而烦恼的思想。此种思想的代表者有拉布勒（Rabelais）、蒙旦（Montaigne）、伊拉斯莫斯（Erasmus）等人，后来又有笛卡儿、陆克和其他近代哲学家的祖先。

所谓"尚古学风"犹如文艺复兴主义一样，不用"重新建立"的态度去对付"古代"，乃是用敬虔的态度去追随古代。艺术的活动较之哲学方面为甚，一味模仿古代，如果可能，他们想和古代比肩，想和古代竞胜，是这样的一种艺术运动。

"宗教改革"在早是反对"文艺复兴主义"和"尚古学风"的，是对抗"自由思想"的反动，是一心想复归于原始基督教主义的运动。然而不可忽略宗教改革的精神里面又有别种自由思想的萌芽。为什么呢？因为既然反抗，其必然的结果就是重新探求信条，要求检讨的权利，并且不盲从任何权威。在各方面，自由的个人的思索的倾向得以促进。这种倾向，就如决口似的泛滥前进。

以上各种新思想集聚拢来，它解放并刺激人类的精神。如像16世纪那样，用热情来思索、空想、讨论、著述的世纪是没有的。所以一切伟大的模型,已存在于16世纪,而且不是淡漠的模型,是俨然存在的模型。

例如哲学界的蒙旦和拉布勒已是近代的思想家。后世的许多哲学家,大概都走他所开辟的道路,这并非过言。就历史方面讲,孔米开拓外交史、政治史的端绪,我们知道他的历史是加入精神批评和历史哲学的滋味的。

在雄辩方面有法曹界的巴斯久、教坛上的克尔温、戴·伯龙、法郎梭·德·沙尔。在诗歌的世界里,有围绕龙沙尔左右的布勒耶牙特,他安下古典诗歌的基础,其形式的完备,足为后一世纪的诗歌的模范。

在戏剧方面,这一世纪虽无可以称为创造的东西,可是就戏剧的构成说,已经脱了中世纪的形式,制造新式的型,使后世的戏剧作家确立富于戏剧思想的悲剧喜剧的形式。

在文艺批评方面,如龙沙尔的《诗歌序说》,乔香·德·贝勒耶的《国语辩护》,还有徐比勒、比尔梯耶、俄克南·德·拉·弗勒耶的诗学,也是显著的。

近代法兰西语,在16世纪也形成了。自然法兰西语是从16世纪迄于今日逐渐变化的。然而较之往昔的法语,移变甚为迟缓,且为合理的。一般法人不必要高深教养,不感困难,易于诵读的标准国语,不能不说是在16世纪才稳定的。

总之,16世纪是法兰西文学里的"知的""创造的"世纪。

不过统观16世纪,令我们最感寂寞的,第一要数这知识欲旺盛、创造力丰富的文学，显然缺乏艺术情感。在16世纪文学里，如将文学的作品和学术的文献截然区别是不可能的。写《文法论》的亨利·耶梯茵如当他是一位文学家，他应和蒙旦同格。视龙沙尔为诗人表示敬意是当然的，散文家巴斯久，还有似是而非的诗人伯特拉也有和龙沙尔同席的资格。当时的人表现事物时，对于所表现的事物虽然感到某种价值，可是并非有了意识而将价值赋予他们的著作。即是将价值赋予他们的著作，也是偶然的事。反之，如在17世纪，虽为平凡之作，终有一种文学价值。拉布勒写过"艺术的作品"吗？这话虽然含有恶意，可是要决定他有写作艺术作品的自觉却甚为困难。还有克尔温只埋首于"使徒"的"改革者"的著作，至于创作艺术的佳作，我敢断言在他的脑里是不会起这种念头的。但是进了17世纪，如像那冗漫的郭贝尔维尔和拉·克尔布尔勒耶特的小说，作《处女贞德》的沙布郎，作《莫依兹……》的鲁·莫安等小说家、诗人，当他们著作十卷小说或二十五章叙事诗时，他们都尽力于"艺术的作品"，毫无可疑。由此看来，在16世纪，所谓艺术的野心，不过视作是附属品。在17世纪，文学家如果没有创作"艺术的作品"的意思便不提笔。从此时起，在艺术的表现上，文坛发生党派的争执，关于国语与文章的问题也发生了文学的争执。

其次，17世纪的文学家都享受一种幸运，就是他们所欲言的意想和国语的史的进化，国语的成熟是一致的。这种一致是独一无二的，它使法语较之欧洲其他语言占有优秀的地位，使人承认法语的普遍性。因此他们写作出来的作品，纵然无意当它做文学，可是仅仅因为是用完全的国语缀成的理由,已可放在文学的圈内了。如"说教"便是其例。如果说法国有漠视"文学的虚荣",精心于说话的超然说教家,那么,包雪和布尔达尔维就是这种人了。克尔温、包雪、布尔达尔维他们都毫无一点想写作"艺术的作品"的意思。然而他们在不知不觉之间,他们为信仰者的教育而写的著作,已经是艺术的作品了。同样他们的书翰和随感录也是文学的作品。古凡叶曾说:"当时任何不足取的女人,较之卢梭、戴德罗辈都有优良的言语上的感情。"这话虽是在骂人,可是其中也不无真理。塞维尼耶夫人、辣斐德夫人、曼德龙夫人她们的"书翰"都不是以"文学家"的意念而写出来的。勒兹、圣西蒙也同样,他们在国语的成熟期写作,所以从文章的"好事者"看来,他们的言辞较之卢梭、戴德罗等为优,几于不可同日语。至于外交的通牒,政府的公文,就不免在文章上做功夫。要寻求故意做成"文学"的著作,还得推当时为人排弃的公文。柯尔伯耶尔和鲁勿亚他们都巧于言辞的表现,因此他们的文书在文学史上竟和悲剧同列。他们的文章和以后确立了的严格的文法对照起来,自然在文法上并不是没有缺点的。然而想到他们用语的切当,成句的单纯而自然,措辞的简洁,音调的正确,就可以证明当年的文学以巧妙的言辞表现,收了效果,得了永久的胜利。

第三,法兰西文学在17世纪带着显著的心理价值。这是在16世纪还未曾显露,在18世纪已属衰微的特色。例如蒙旦的《散文集》是16世纪唯一的心理的著作,在17世纪,同类的杰作有巴斯克尔的《感想录》,18世纪卢梭的《不平等论》与《关于演剧的书翰》。蒙旦的《散文集》是心理的著作,然而是传统的心理,他所用的一切语言是从古代人借来的"回忆的总和"。他虽为当时代的人,他的思想披着古代的心理的衣裳。试看推崇他的那时代的人的倾向便可知道。读巴斯克尔的《感想录》,也许有人以为这是从蒙旦的《散文集》里面取下来的。但这不过骤然看去是这样,仔细读去,随着书中所贯彻的真义,我们觉得到了巴斯克尔,因为他的个人的实相的观察,一切都更新了。此种差异足以说明16世纪的传统的心理倾向和17世纪的实相的心理倾向迥然不同。巴斯克尔的心理的体验能得之于卢梭吗?卢梭所见到的不过是理想的合理的类型。卢梭和戴德罗因为要构成具备18世纪的心理的抽象的人物,所以他们系统地抽取巴斯克尔的特质。关于此点,不必详说。总之在17世纪,即使是平凡的作品,或在某种意义上为平凡的作品,值得注意的就是作品的心理的价值。屡受世人嘲笑的维克多·昆山,实际上吐出不少值得嘲笑的愚说,可是当他浏览17世纪的无味的冗长的小说时,他在书中的各页留意到心理的观察却颇有道理。马杜勒·施克德利的小说单调无聊,然而心理的观察颇为优美。同样,李哥尔的《散文传》与拉·沙卜尔的《恋爱论》,文章虽无长处,心理的观察亦殊优美。

以上是概观17世纪所得的特色。在"说教""书翰""感想"甚至政府的公文都成了文学的时代,于描绘"文学姿态"的许多作品之中,要想选出某种作品献给读者,是一个颇为困难的问题。

可是17世纪文学可以大别为三个时期:第一期从1598年(安利第四即位时)到1635—1640年(按1635年法国学士院成立,1636年柯奈耶的悲［剧］《鲁·希特》出版，1637年笛卡儿的《方法论》出版）。第一期为诗人马勒朴（可视为法国文学的立法者）和文学的鉴定人巴尔萨克（稀有的尺牍作者）的时代。

第二期为包含路易第十四盛世的1640—1690年的时代，17世纪的杰作殆已集中此时，极为繁盛。

第三期为衰退期，杰作缺乏，仅有拉·布留耶尔、费奴龙与圣西蒙坐守世纪的衰颓，这时为1690—1715年。

将此三时期比较，我们觉得第一时期与第三时期有显明的相似之处，不得不为之惊异。我们发现17世纪的末期与17世纪的初期首尾相应。自1598年以后，我们就遇着一群怀疑派和享乐派。蒙旦和他的弟子沙弄（被人视为抄袭家），拉·莫特·鲁·维耶尔等人出现之后，他们对于16世纪为人确信的信条一概怀疑。从"思想的独立"转移到"风尚的放纵"，于是产生第二批人物。如德俄佛尔、山德曼、戴巴洛等人就是延长第一批人物的倾向的人，他们渡过了从"怀疑主义"到"放纵"的桥梁。此外还有一批"文艺专家"，他们盘踞"兰培耶馆"，或模仿巴尔萨克的侃侃而谈，或摩拟魏梯维尔的议论生风，这就是17世纪初期的情形。至于17世纪末期的情形又如何呢？这时的"文艺专家"有基洛、方特勒尔、戴兹尼耶尔夫人等。当时兰培耶侯爵夫人的"沙龙"（Saloon）失势，代之而兴者有南贝耶尔侯爵夫人的"沙龙"（Saloon）。使17世纪初期的思想风尚自由的德俄佛尔、山德曼和末期的圣特耶维尔蒙、萧俄留、拉·法尔等人互相对峙，这些人都是后来福禄特尔的最早的指导者或教师；福禄特尔以他们的方针和指示作为自己思索、生活的方法。方特勒尔与贝耶尔(两个理智的自由思想家)使从前的蒙旦、沙弄等人的怀疑主义更新。

此种类似(17世纪初期与末期)和二期之间的中期比较起来,使我们多所启发。中期的文学家,为法兰西文学所未曾有,是自然的、教理的而最朴质的,信仰颇厚的文学家,他们和上述17世纪初期、末期的文学家们成为一个显明的对照。加以中期的文学家因为确立"Dogmatism"与"Naturalism"就不得不和代表初期思想趣味的学者文人们争斗。巴斯克尔和自由思想家斗,莫里哀和"文学专家"斗。总之,17世纪可以区分为三个主要的时期,这三个时期的领域各不相同,天赋亦各不相同。第一期虽暂时为第二期征服,可是到了第三期就将以前的第一期恢复转来了。

让我们设想这里有一条悠然流去的大河,河上架有桥梁,桥上的栏杆是用许多人像装饰的。那些人像,不用说就是巴斯克尔、包雪、莫里哀、拉·方登、拉辛、鲍洛。那一座桥梁就是路易第十四时代。桥下的水悠缓地不绝地从源头流入海口,这一条河就是17世纪的精神。此种精神加上许多新要素,浸润了富于变化的两岸,就成为18世纪精神。这个比喻是从圣佩韦借来的,我们想更进一步,特别申说17世纪。16世纪与18世纪之间,不仅是相似,实有"同一性",因为17世纪横亘在当中,所以这两世纪的"同一性"就暂时中断了。

研究17世纪文学可以分为三大区域:先研究1589—1610年安利第四时代文学的状态、变迁;其次为路易第十四时代的文学(即1660—1685年;此时代的文学,从1680—1690年,准备了走向18世纪精神的行程);第三由1690—1715年,即路易第十四晚年的文学。

安利第四时代文学中最有特质的作品,有马勒朴的谈话和他的批评论文,俄洛勒·戴尔佛的小说《阿斯特勒》、佛郎梭·德·沙尔的初期著作。这一期文学所表现的倾向怎样变成次期的倾向,其进化的情况如何?要决定这些就非看当时外国文学的影响不行。当时北欧文学的影响尚不觉得,当以南欧文学的影响为主,即是安东尼·伯勒斯所代表的西班牙文学,马利尼所代表的意大利文学,这些外国文学的影响都有研究的必要。这两国文学的势力在兰培耶侯爵夫人的"沙龙"里面不但融洽而且互相刺激。从这"沙龙"里流出一群小说家,如哥博、郭贝尔维尔、拉·克尔布尔勒耶特等人。又流出一群诗人,如拉堪、麦耶勒、施克德利等人;这一群诗人引导我们认识柯奈耶。在别一方面,巴尔萨克和魏梯维尔为俄阿贴尔、沙布南等人拥护、推崇、解说。他们的努力聚集起来,遂创立法国学士院。然在别一方面,也可以视为这两群中的极端派的人。一种极端派即所谓独立派,如德俄佛尔、山德曼、西拉诺·德·贝尔、吉那克、施加龙等是,他们依然是继承16世纪的精神。又一种极端派,就是一个笛卡儿,他俨然地树立了后来18世纪的合理主义的典型,在各方面他自己制造与怀疑主义一致的因素。笛卡儿的思想(Cartesianism)在行程上曾被17世纪兴起的许多宗教的新运动阻碍它的进行,而其最大的敌人就是躲在保罗·洛耶尔修道院里的Jansenist派的教理。可是Cartesianism在Jansenism的面前屹立不动,阻止它的进路。巴斯克尔和笛卡儿抗争的原因即在于此,又福禄特尔憎恶巴斯克尔也胎息于此。

在别一方面，独立派在文学上的小竞争，也未始不可以看为政治的弗伦德内乱的序幕。在此思想的政治的动摇之间，文学家有的和次一时代的特征——"现实性"接触并且获得"现实性"。他们在那时的内忧外患的漩涡里面直视人生。后来次一时代代替混乱时代而起，便收了激烈争斗所产生的果实。国家紊乱以后，平和降临，于是"王权"征服政治的放纵，"信仰"击破宗教的不信，"理性"在文学里得了优胜的地位。这样的时代可以称之为"路易第十四时代"，而且有充足的理由。因为如果非路易第十四时代而为路易第十三，则莫里哀和拉辛等就不能克制他们的敌人，也许敌人将压倒他们了。

在繁盛之后，那些由"融洽""调和"引起繁盛的要素都渐解体了。路易第十四的个人势力与他的强大的影响中止结合一切之时，社会又陷于分散的状态。文坛上开始党同伐异之争了。"文艺专家"之流亚，又在南贝耶尔侯爵夫人的"沙龙"里出现。伯乐、方特勒尔、贝耶尔等独立派重新抬头。他们的工作，就是那有名的"古代人与近代人的论争"，使各派互相背离。思想与风尚的自由主义们在放纵的魏因妥姆馆里或在年青的福禄特尔交游的一群人当中团结起来了。从此趣味不能统一，一切拘束的力量也失其效用了。这事在路易第十四是负有责任的。他破坏 Protestantism 与 Jansenism 的潜势力时已是德衰运蹇了。Protestantism 与 Jansenism 原为法兰西的堤岸，是防止法兰西精神崩散的屏藩，又是防止 16 世纪的放纵摄政时代的无赖的堰堤。况且在这个时候"进步"的思想已经定立了。此种思想就是从 17 世纪文学里把路易第十四时代的特征（即完全的安宁静泰）夺去了的一种思想。最后加特力教自己发生分裂,"静寂主义"的争论令包雪与费奴龙反目。总之一切都解体了,18世纪便于此开场。

二、古典主义文学

什么是古典的作家(古典派)的问题与什么是浪漫派的问题同为表示艺术、思想两大倾向的标语。这个研究题目,它和"现实"与"理想","社会"与"个人","法则"与"自由","意思"与"感情"的问题有深切的关系。我们说一国的文学史,不外古典主义与浪漫主义的消长并非过言。但是这里所讲的古典的作家或古典派一语,其意义并非如此广泛。试翻法兰西文学史,遍觉中世、文艺复兴期、17世纪、18世纪、19世纪的文学,令人注意的是17世纪。17世纪较之其他时代为整齐、有规律、有秩序;而17世纪之中尤以路易第十四的盛世更其整然。在那时古典主义有了根基,代表此种意味的古典主义的文学家称为古典派。一般地说,在法兰西文学里面,拉布勒和蒙旦都是古典派。在现在看,雨果和拉马丁也可称为古典派。可是如果根据"定义"的方法追根起来,则他们称为古典派固然可以,称为非古典派也无不可。

发生此种"混同"的原因,就是承认古典派一语有优越性之故。广泛地考察文学,当可注意到古典派一语并不是表明任何个人的优越性的。在罗马文学里,塔昔特(Tacitus)的价值,无论当他为历史家或文学家,从现今看来恐将胜过沙留斯特或塞札尔。但由用语的纯粹，文章的技术诸点来比较这三人，势不得不将古典派的名称送给沙留斯特与塞札尔。在法国，蒙旦与拉布勒的造诣，虽然不是拉·布留耶尔所可比拟的，可是我们主张古典派的名称，应由拉·布留耶尔承受。在法国文学里面，有许多天才作家，除了若干的例外，同时都属于古典派，不过天才作家之属于古典派，并非他们的天才的原故，而是他们的天才和"一定的事情"的竞争。如果没有此种竞争，即使他虽然是大文学家也难称为古典派。

我们区别"古典派的观念"与优越性用以阐明这个问题。关于此点，如应用进化论原理于文学史就可以帮助说明。我们知道"进化"的意义，也知道"进化"与"进步"的差异。"进步"的思想含有持续的、不断的、正规的运行的观念，它的进行，能以不再折回的升腾的直线表示。反之，"进化"的思想，它的进行含有弛缓、中断的观念，可用屈折或逆行的曲线表示之。这个方式，表示人间的生涯是适用的，表示科学的历史，或如绘画一类的艺术也是适用的。因为一切知识的进展，不如世人所相信的那样，是不断不休的。尤其在艺术的世界里，前一时代所得的知识或蓄积的杰作，不能决定次一时代的优越性。

"进化"与"进步"的观念添上"古典"的语原所含的观念，可知古典派是我们可以依附的一派作家，我们研究那些作家，则他们的"独创"并不是破坏我们的存在的，也不是令我们担负剽窃之咎的；他们使我们仿效，使我们依照他们的本质改宗，如果古典派是指这一派作家，那就可以在古典派作家之中发现次述的各种要素。

第一是才能之完全的均衡。就是说古典派的"知性"与"感性"保持着平均。其结果，作家能做的就做，不能做的便不做，所以"意图"与"述作"之间成为绝对的平等，并且此种均衡由单独飞跃的主要才能的抑制得到实现。其意味就是说，如果牺牲其他的才能以图发展则不能保持均衡。所以古典派是指那些不偏于想像力也不偏于理性，圆满充实的作家。古典派又不敢反噬时代的趣味。不谄媚时代趣味，只是顺从时代趣味，使自己的感觉服从它。总之，古典派能认识事物的界限与其用途。换言之，他们对于"艺术样式的识别""思想感情"，与"文章文体"的适应性都有卓见。

第二是用语的完全。这里又要说到"进化"的观念。因为言语是有机体，它向前进展。言语也有青春期、成熟期、老衰期，言语的完成就是指成熟期。可是成熟期究竟在什么地方呢？于什么时期存在呢？在生理学上，成熟期存在于"丧失"与"获得"两相平均的期间；青春期则"获得"较之"丧失"为多；老衰期则"丧失"较之"获得"为多。将此原理应用于拉丁语，那么，拉丁语在新的要素使它丰富的时期是青春；到了各种外国语将它们的特性侵入拉丁语时，拉丁语就衰颓了。这两个时期的当中，就有一个古典期。因此国语的完成期是指国语由多年的努力受了锻炼，保有国语特质中所包含的一切优点，不受外来任何缺陷的时期。在法国 16 世纪就是获得期。这个时期法兰西受了古代文学与意大利文学的恩惠而得到锻炼。到了 17 世纪中期文学家便不受希腊语、拉丁语、意大利语、西班牙语的影响。即或有影响,无非是这些外国语同化于法兰西语的影响罢了。

第三,古典派作家的产出,国家的独立是必要的。一个国家的特质必须从外国的影响中解放。希腊的古典时代就是伯利克勒斯的世纪。因为其时希腊胜了野蛮的东方,他们知道自家的文化的使命。在罗马就是奥格斯特的时代,其时罗马国家的敌人,不问内外,悉已平服,甚至于以"我是罗马市民"为一种夸耀。英国在安女王的时代享有古典文学。其时英吉利王国已列入欧洲列强,同时最适于英国国民的特质的议会制度也开其端了。由此看来,近代的欧洲,为什么小国没有大文学家的理由便可以明白了。这里所说的小国,并不是外观微弱的意味,不过是指像土耳其那样国家意识衰退的国家。

这里发生了一个问题,难道具备上述三条件的文学家就可以称为古典派吗?例如,沙布郎是古典派吗?沙布郎是具备上述三条件的文学家,然而不能称他为古典派,说明其所以然,如果只说他缺乏天才是不够的,所以——

第四是完全的文学形式的存在成为必要条件。换言之,作家的作品必须适合那作品所属的确切的文学形式,而文学形式的本身也跟着它的"丰饶性"而进化消长。正如一定的土壤不能常得一定的收获一样,文学形式也跟着条件以变迁推移。教坛的演说在17世纪末衰微,到了18世纪殆已不属于文学了。抒情诗到了19世纪,可以看出它在吸收新的要素,这种要素就是卢梭的《新的爱伊洛斯》与个人主义所含的热情。

现在注意考察17世纪吧。那时有两种文学形式比较其他的形式繁盛，就是"雄辩"与"悲剧"。如果Jansenist那一批人的议论不以宗教问题作为准备，那么，雄辩术的盛况能否和包雪的出现一致呢？同样，因为拉辛的原故，悲剧成熟，有优美高尚的形式，可是岂非经过从龙德尔、嘉尔列到阿尔代、麦耶勒、柯奈耶的错综纠纷的途程吗？

19世纪的两大文学形式就是抒情诗与小说。原因有二：一是卢梭以来发达的个人感情；一是从百科全书获得的哲学的、政治的、社会的结果。在其他方面，心理学异常发达，因为精神的、社会的混乱，发生了多数的心理事件和心理的经验。在法国文学里，为什么17世纪、19世纪没有真正的叙事诗呢？这是因为在叙事诗的文学形式发生时常起一种障碍的原故。此种障碍即法兰西语的分析的抽象的性质。

第五，古典派的条件就是兴味的宏大。——既以兴味宏大为条件，如Madrigal（恋歌）、Epigram（诗铭）、Ode（短诗）、Chanson（叙事诗）等小型的诗不能成为古典乃是当然的。因为这些诗的兴味是极短的，它们的本来的文学形式是没有深厚兴味的。从这点看来，古典派不能离开思考之路而且非独创的不可。因此，施加龙的滑稽和莫里哀的滑稽不能不有区别。施加龙因为他的有力的Parody，所以他和支配那时代的趣味相抵触，而莫里哀呢，他用普遍感情的深厚的观察，努力使"公民"发笑。其次所必要的事，就是古典派非"单纯"不行，至少连那复杂性也非叫人看去是单纯的不行。总之，宁可学拉辛那样而不可学马利俄。古典派又必须是个性的，使读者先要认识个性，使个性的痕迹到处都存留下来。但是不可像蒙旦或当代的抒情诗人那样使读者只知关切作者的本身。古典派又是普遍的，对于一切人，不问年龄、境遇、时代，都要使他们愉快。

以上所述的各种条件，在17世纪已经实现，兹不复赘。在当时，才能的均衡，不单是大文学家，即如沙布郎、李哥尔等二流作家也可以看得出。当时的国语已经成熟，足供生产各种杰作之用。那时的法国国民有了法兰西意识，法人向来为西班牙的野心所威胁，现在得了解放，归依法兰西国王。一定的文学形式达到完成之域，在那时只有纯粹的重要的问题和最普遍的利害关系成了舆论的焦点。

上述各种要素的融合是向来所无的，后来也未一见。所以我们可以说古典时代实现于17世纪，甚至非17世纪不能实现。在16世纪时，文学家只知道堆积知识，缺乏真正的独创；一方面国语的本身还在未完全的状态中。到了18世纪，文学家已缺乏单纯性，文学形式的完全，或者已经过去，或者尚未到来。在19世纪，独立意识或国家意识较之17世纪缺乏。"Cosmopolitism"与"文学"浸润到当时的风尚，并且作家的个性在作品中颇为有声有色。

其次，古典派的准则如何形成的问题也有注意的必要。因此我们应该先看安·托杜里希的摄政时代和弗龙德的内乱时代（这是路易第十四的少年期、青春期）的文学，那时盛行的流派和值得称许的文学形式是什么呢？

当时宗教的议论没有移出狭小范围的公众以外一步。一般公众时时听到宗教议论，也知道它的重要，可是宗教上的事件尚未达到成为一般公众的论题那样的成熟。

在诗歌方面,沙布郎、班斯劳特、施加龙三人颇负盛名。沙布郎为伟大的抒情诗人与叙事诗人。班斯劳特用社交的文学形式作 Sonnet、Ballad、Madrigal,亦为国王献 Ballad。至于施加龙,正如他自己所说,以"无赖的讽刺",卑俗的大众的言辞,"猥杂的朦胧体"博得世人的喝彩。

在剧的方面,柯奈耶的势力仍盛,可是依然是一个作"东·圣昔""伯尔特尼特"的夸张浪漫的柯奈耶。柯奈耶之后则为罗道夫·汤姆·柯奈耶(其弟)·德·里叶的悲剧时代,施加龙的轻笑的喜剧时代。

小说如施克德利女士与拉·克尔布尔勒耶特的园地。批评为沙布郎与法国学士院的工作。

以上列举的各种文学形式,其指导作家的原理是怎样的?

第一,文学的著作,应以使社会快乐为最上的条件。只将"作品"作为"作品本身"则无价值。施加龙之写滑稽作品,原因之一,就是要使当时的人兴奋。施克德利女士的《格兰·希留斯》使读者感到莫大的兴味,是因在小说中能够发现自己的姿态的原故。

第二,紧守文学的规则。通晓文学的规则而又用力挥舞那规则的沙布郎,他自以为是法国最大的诗人。

第三,不依从自然而改变自然。当年柯奈耶所描写的人物充满夸张,他所写的英雄主义与残忍性有失掉真实性之处。不单是柯奈耶,连那般滑稽人物(Burlesque)和"文学专家"也是改变自然的。即使是他们也能依据自然而使用它,可是他们不以自然为模范而仿效它。他们之模仿自然是因为要舍弃自然,所以他们愈是离开自然,他们的本来面目愈是使人注意。于是有的努力于比较自然更为纤巧的著作,有的努力于比较自然更为伟大的著作,有的努力于比较自然更为滑稽快适的著作。

在这种风潮之中,酝酿着颠覆此风潮的机会,于是改革的事件发生了。佛龙德的内乱令人直视现实,自然主义得到复苏,其次就是路易第十四的伟业改变了文学史的行程。

佛龙德内乱给予法国文学的影响是一个难于精密计算的问题。就大体看来,国家的可怨的政争令人对于"人间"有更深远的知识。17世纪前半期文学的技巧的枝节的倾向,因为国难的原故减退了。尤以佛龙德内乱,在文学的世界里,它促进了书翰、回想录一类文学形式的产生,因此有巴丹、勒兹、莫妥维尔夫人等出现。并且这一次内乱,在某种程度,使某种人自觉他们所应该做的任务,因此思想得到解放。内乱的本身虽然充满极其梦想的行动,但已将"现实感"给人了。因为当那动辄生命受威迫,为要保护生命而行动的危机,势不得不借现实的行动以倾覆既成的一切概念。后来,此次内乱引起各种"小册子"和"马札兰笔诛",震动当时的舆论,证明了文学的实力。

佛龙德内乱之时,就是自然主义(Naturalism)代替Preciosity(严守规律)兴起之时。自然主义的名称自然在当时的文学是不适用的,但在17世纪,画家使用此语与现今所用的意义相同。自然主义的再生替艺术取回真实的对象。从前观察的领域狭隘,作家的表现法紧缩的Preciosity,它的最后的结果,都被自然主义的再生敲得粉碎了。以Preciosity为根据的艺术是倾向于低下的理想主义和布尔乔亚的理想主义的。具此种倾向的文学只是苦心于探究上品的语汇,堕于所谓雅致的"歪体"。

到了1660年时,隐居于保罗·洛耶尔修道院的巴斯克尔,利用病中日月,写下了毫无工匠气味的《感想录》。同时在麦兹有时在巴黎的年青说教者包雪正在舞动庄重典雅的言辞。巴斯克尔的文章和包雪的雄辩,不约而同,比较前时代的Preciosity更单纯而有力,现露优秀的自然主义。鲍洛在他的《不如意的巴黎》一作里,他是自然主义;在《愚蠢的宴会》里,已达写实主义的领域。同为自然派的莫里哀在1663年嘲笑柯奈耶,评他描写的人物是"依空想以姿意变形,牺牲真实而志怪异"。莫里哀对于自己的喜剧则公然宣称"依据自然以描写人间"。拉辛在1665年,在他的悲剧亚历山大的序文中,他嘲笑那时的小说中的"主人翁"以答辩那些批评家。当时抬头为第一流的文学家如巴斯克尔、包雪、莫里哀、鲍洛、拉辛都是崇奉自然主义的人物。甚至当时的"文艺专家"如拉方登也"改变手法",决心将来"不离自然一步"。他以前爱好魏梯维尔、沙拉散等作家,等到他和莫里哀、鲍洛相识以后,他就成了不朽的寓言诗的作者了。

他们在实践的学理的方面,表示他们自己的法则与模范以昭示"自然主义的古典主义"的教训。此种教训和他们的前时代的作家的教训正相反对。此自然主义的倾向,由路易第十四的强大的统制力建立了古典主义的理想。

鲍洛、拉辛、莫里哀、包雪诸人,就他们的"独创的文学"一点说,当然不在路易第十四的影响之下。可是路易第十四先要使他的势力达到文学家,他是一个忠实于李修留的传统的人,他视文学为"行动的方便",视为王权的装饰品。他训练臣下的情操,为要使法兰西王国恢复因宗教改革失去的精神的统一。他知道教坛的雄辩是必要的,因此他信用包雪和布尔达尔维,以"听众"供给他们。一方面又提高文学家的社会的条件。因为有他的庇护,所以莫里哀和拉辛并未受到他们的前辈柯奈耶所经验的文学家的贫困。尤以莫里哀为最受王援助拥护的人,否则如莫里哀这样的伶人就不会达到为社会尊敬的地位。拉辛也与王亲近,差不多是王的朋友,他和鲍洛被任为王的史官。

这些文学家都在王的庇护之下,所以能免于党同伐异。思想文艺的党同伐异之风,妨害当时新进者的出路,助长前辈的跋扈。此时路易第十四从前辈的桎梏之中把新进的天才救出来,他对于法国文学的功绩是很伟大的。在朝廷里面,文学家并不受他们的同辈的制裁而是受公众的批判。而且那些"公众"都是国民的良选,是一个比较法国学士院更优秀的无形的学士院。

古典主义的确定的"趣味"便发生于此。此种趣味在18世纪是认为和"个性"有差别的东西。到了19世纪更进一步视为和"个性"背驰而加以轻蔑。重视17世纪文学的人,注释此种趣味的意义,称为使各种事物能得其所,保持语言与所表现的思想均衡的一种法术。此种趣味树立各种文学形式的差别。因为在教坛上说话竟和在舞台上说话一样便是不正确的,悲剧中的人物说话竟和律师说话一样也是不当的,其所以如此,就是违背此种趣味,紊乱文学形式的领域的原故。此种趣味又以"公众的差别"教人,例如在妇人的面前什么话应该说,或者什么话不应该说。又如某种问题应该委婉曲折地说,或者应该斩钉截铁地说。在这些地方,所谓"朝廷",使古典主义作家的自然主义定下一个正当的界限。其次,此种趣味又以区分"重要"与"琐屑"的事教人;它能使人区分有价值有兴味的事物或价值兴味薄弱甚或完全缺乏的事物是怎样的不同。这些值得注意的地方,16世纪的学者不必说,17世纪前半期的衒学者也断不知道。

回顾17世纪文学,我们虽然理解以路易第十四为中心的二十五[年]间的文学,获得了法国文学的标准的地位,可是对于路易第十四个人的价值有无从高估定的必要还是一个残留下来的问题。他不是一个能够评定包雪、拉辛、鲍洛、莫里哀的天才的批评家,自不待言。然而他在文学的领域内,想用独自的力量去统治和统治其他的领域一样。在实行此种事业时,他较之他的任何臣下都以为自己能够胜任。正因为如此,他对于文学的施政求其有效,使"自然主义"与当时的"好趣味"互相和合,他完成他对于当时所负的使命,他处理国家的要事颇有条理,使理想能够实现,又使功名垂于当时而竟成功。从现今看来,我们觉得他对于那时的天才的不朽名作深深地表示敬意,毫不踌躇;同时那些天才竟是为了路易第十四的时代,为了装饰他的时代而生的。我们抱着这样的感慨,也决非偶然的了。

附记

论法兰西的古典主义时,我先重读圣佩韦的《星期一闲话》第三卷《古典派作家是什么?》(Sainte-Beuve:*Causeries du lundi*,*Qu'est qu'un Classique*)。原作虽简约得很,但诠释法国古典主义未免宽泛。于是再看管勒·布勒耶的《法兰西古典主义学说的形成》(René Bray:*La Formation de la Doctrine Classique en France*),原作为三百六十页的研究论文,颇多启发之处;惜过于详尽,取其要领,则不相宜。结果用白留替尔的提要与他的《法国文学史》(四卷)为根据,并参考法格、兰却克、安德烈·戴利夫诸家的《法国文学史》,草成近于翻译的本篇。

(辰野隆　作)

第三节　德意志的古典主义文学

一、思潮

（一）启蒙主义

17世纪的三十年战争（1618—1648）在物质精神两方面使德国国民永远留着创伤。国民的大部分被夺去了"自信""奋起心"与"创造的精神"，使之消沉萎靡，徒事模仿外国的文物。就中神学则墨守因袭的 Dogma；法律、学艺均失掉生气活力，一味追踪前人。

1740年非德烈大王（Friedrich der Grosse，1721—1786）即位，在七年战争收了成效，德意志国民顿呈一阳来复之概。产业渐趋发达，工商阶级也努力兴起。一方面哲学的时代思潮有启蒙主义（Aufklarung）盛行，将革新的生气给予德意志的思想界。于是向来墨守古学的学者，只知追踪先进国的诗人文学家渐从冬眠的梦中觉醒，有了国民的自觉与自负心，能以新兴的英气向"研究"与"创作"迈进。歌德所说的："真实高尚的本来的生活内容，由于非德烈大王与七年战争的业绩，始得入德意志的诗歌。"（"Der erste wahre und hohere eigentliche Libensinhalt durch Friedrich der Grossen und die Taten des Siebenjahrigen Krieges in die deutsche Poesie"。）此言颇能道破当时的事实。

回顾历来的德意志文化，不出诸侯的宫建或知识阶级对于外国文化(尤其是法兰西文化)的模仿。新兴德意志文化的第一声就是脱离外国文化的羁绊,增高国民的自觉,提高本国的文化与先进国比肩。奥比兹(Opitz,1597—1639)先整理国语,从事翻译、评论、诗歌,努力于德国文学的确立。他的《德国诗小论》(*Buchlein von der deutschen Poeterei*,1624)在上述的意味上,对于德国文学有划时代的意义,不过他所用力的地方,是以文学形式的技巧方面为主。反之,用力于文学的内容与体验的是怀塞(Weise,1642—1708),因他过于追求实际的教训的效果,其结果不免有忽略文学的第一义的职能之嫌。但在尊重理性一点上,却与18世纪文化的特征——启蒙主义相通。总之,从当时的独断的教义中解放人间性,尊重理性,而反对惰性与模仿都是"启蒙主义"的根基。

但是向来德意志的哲学的思想以受法国笛卡儿,英国何布士、陆克的经验论的影响为多。到了莱卜里兹(Leibniz,1646—1716)处,有了独自的基础,对于近代德国文化的生长,他将伟大的力量和生命给它。只有他在这意味上可以称为德国的启蒙主义最伟大的先驱者。他的形而上学以"单子"说为立脚点,在哲学、自然科学、数学、神学、言语学、史学方面开拓独自的境地,使德意志文化有新的进路。如他的著作《辩神》(*Theodizee*,1710)一作给勒辛(Lessing)、赫德尔(Herder)等人的影响甚大。

(二)敬虔主义 古代研究 批判哲学

启蒙主义的思想,除了莱卜里兹之外,由妥玛休斯(Thomasius,1655—1728),尤其是吴尔夫(Wolf,1676—1754)等人使其影响遍及大众。本来启蒙主义是反17世纪的宗教的Dogma而倡理性的觉悟的一种革新运动。在别一方面,也受英国休谟、夏弗伯雷等的悟性论,法国福禄特尔、孟德斯鸠等的合理主义的影响不小,这是可以注意的。

如以启蒙主义为哲学的思想的觉醒运动,则当时与此并行,由施宾塞(Spener,1635—1709)、法兰格(Francke, 1663—1727)等人代表的敬虔主义(Pietismus)就是反对固陋因袭的教义与偏知的倾向而主张解放"信仰"与"人间性"的一种宗教的觉醒运动。此种敬虔主义一反当时从外入内的宗教,力主从内部冲出的宗教的感情;对于因袭的知识本位的神学则力倡以温暖的人间爱做根基的"自己体验"。其究极的精神与启蒙主义相通,于当时的时代思潮有不少的影响。敬虔主义在当初只在宗教、音乐(由韩特尔、巴哈等人)方面,以求人间性的解放和情操的醇化,后来因为有格洛卜司妥克(Klopstock),在文学方面才有深厚的感应。

高呼"返于自然"的法国卢梭的思想,在主张理性的觉醒,脱离因袭的文化,尊重自然的内面的体验诸点和上述的"启蒙主义""敬虔主义"等时代思潮相通。生来就是合理的启蒙的哲学家同时又是热情诗人的卢梭,他在那时代的文化中看见"虚伪"与"不自然"的跳梁,所以高呼"人间本来的个性的解放",他著《民约论》《新的爱伊洛斯》《爱弥儿》等就是从证实方面倡导他的思想。这种思想的倾向传到德国,赫德尔和歌德所受的影响甚大。在两国文化的交流上,不能不说有深意。

使当时的文艺思潮发生重要影响的,有温克尔曼(Winckelmann,

1717—1768)所唤起的古代精神研究与其复活。他在杜勒司登的画廊，在意大利的旅行都专心研究希腊、罗马的古代精神和古典艺术。他在1764年作成的《古代美术史》(*Geschichte der Kunst des Altertum*)不单在美术史上安稳了基础，对于文学也有深意的影响。他主张古代精神不存在于材料的内容而存在于高雅的形式与成型的理想之中。换言之，就是存在于内容与形式的完全调和之中。"古典的高雅"与"天真的形式美"谐和而成的艺术，对于它的憧憬，由温克尔曼传之赫德尔、歌德，他们担任德国古典文艺的主要任务。

在莱卜里兹八十年之后出世，于勒辛逝世之年(1781)发表《纯粹理性批判》(*Kritik der reinen Vernunft*)的大哲学家康德(Kant，1724—1804)，他的深远的批判哲学，对于当时的文艺思潮有很大的影响自不待言。他排斥一切主观的夸妄，限定纯粹认识的范围，以"神""不死""自然"的理念作为"认识的必然的要求"，以"无上命令"(Kategorischer Imperativ)作为道德律的基础。他的批判哲学，于阐明人间的理性的本质，力主"我"的自觉诸点，不能不说他和近代思想的渊源——启蒙主义有共通之处。他的批判哲学的思想，对于赫德尔、歌德的影响甚大，尤以徐勒尔(Schiller)为最，甚至可以说他们在康德的批判哲学里寻得自己的灵魂的避难所。

二、文艺评论

(一)法兰西派与英国派

德国文学能够独立，形成固有的古典主义时代是颇费周折的。

德国模仿法兰西文化远在非德烈大帝以前,后来逐渐转为英国文化的崇拜。使两者的竞争显明地表示出来,并使其转变迅速的,就是所谓莱比其派与瑞士派的文学斗争。莱比其派的代表人是莱比其的教授郭特谦(Gottsched,1700—1766),他向来拥护"法国文学的倾向",力主文学的"形式的整齐"与"组织的明了",曾著《批判的文学论》(*Kritische Dichtkunst*)与戏曲*Sterbender Cato*,如视他为启蒙的文学评论家,还不失为一个有力的领袖。

代表瑞士派的人是波德麦(Bodmer,1698—1783)与布莱丁格(Breitinger,1701—1776),他们崇拜英国文学,尤其是米尔顿。莱比其派注重衒学的理智和形式的均齐,他们则注重内容的感情与空想;莱比其派倾向于启蒙主义,他们则与敬虔主义同流。两派的竞争,当格洛卜司妥克的杰作《救世主》(*Messias*,1748)最初三卷出世时,莱比其派加以攻击,莱比其派因此败北,结局"法兰西倾倒派"终让席于"英吉利崇敬派"。这两派争斗的终局对于德国文学却有利益。本来英德两国人同族(如徐德尔克之言),英国文学里面生活与诗歌有相互关系,而向来德国文学于长久间模仿的法国文学则缺乏此种特色。

容纳这种倾向的英国文学,脱离形式本位的向来的法国文学,就是令德国文学独立的重要阶梯。当时的运动在德国古典派的骁将们(如格洛卜司妥克、魏兰特、勒辛、赫德尔、歌德诸人)虽各自独立,可是因为他们的共同的作用,便达到完全的解放,筑成了德国文学的稳固的地位。

(二)主知与主情

在莱卜里兹的哲学立好根基的 17 世纪后半期到 18 世纪前半

期，支配德国哲学思潮，文艺评论的启蒙主义是一种令近代德国文化脱离外国羁绊，增高独自地位的伟大的原动力。本来启蒙运动的标的，在于理智与感情的觉醒，这个时代有两大思潮：其一是由莱卜里兹、康德等人的哲学所代表的"主知的方面"；其二是从敬虔主义而来的格洛卜司妥克的诗作里所含的"主情的方面"。于此现辉煌的德国古典主义文艺时代（经过勒辛、赫德尔、魏兰特到歌德、徐勒尔等人的努力）。从非德烈大帝时代以至于郭特谦长久间模仿法国古典的那种精神，终于因为瑞士派的波德麦、布莱丁格、勒辛、赫德尔诸人，容纳了英国文学的长处而使德国文学终于独立起来。

三、古典主义文学的勃兴

（一）诗歌

郭德谦（Gottsched）、格勒尔特（Gellert）、怀塞（Weisse）一派尊重形式，主张合理与体裁，努力推崇法兰西的古典；格洛卜司妥克则与力主"宗教的感情"的敬虔主义的精神相通，他对于徐勒格尔（Johann Elias Schlegel）所提倡的英国古典表示崇拜，因此他以米尔顿的《失乐园》（*Paradise Lost*）为范，作了叙事诗《救世主》和许多颂歌（Ode），遂被尊为近代德国诗歌的鼻祖。这位生来就富有宗教的感受性的格洛卜司妥克，夙以模仿荷马（Homer）、魏吉尔（Virgil）、塔梭（Tasso）的叙事诗，作成富有国民荣誉的一大叙事诗赠献祖国为他的职志，所以他用本国语言作成一部叙事诗《救世主》。

格洛卜司妥克在他的颂歌里更发挥抒情诗的天才，开拓德国抒情诗的园地。他的颂歌的题目，以友情、恋爱、宗教心、爱国心为主。他使用能感动人心，充满热情与品位的"诗的语言"，于重新整顿德国的诗形颇为有力。

他的剧作也多，如《亚当之死》（*Der Tod Adams*，1757）、《莎乐美》（*Salomo*，1764）、《大卫》（*David*，1772）等篇都富于宗教的热情与抒情的情感，不过动辄流于感伤，在性格描写上也有缺点，缺少感动近代人的力量。但我们批评他的时候，不能不思考那个时代的意义。他对于当时的青年诗人格尔司登堡（Gerstenberg）、格斯奈（Gessner）、格莱蒙（Gleim）、克莱斯特（Ewald von Kleist）诸人的影响甚大，因此他支配古典主义时代的诗歌潮流。

（二）小说

与格洛卜司妥克并称的魏兰特（Martin Wieland，1733—1813）也尊重英国的古典，他以莎士比亚的《中夏夜之梦》为据作成叙事诗《奥伯龙》（*Oberon*）的范本。然而他的本领都在小说与故事方面，他著有《奈丁》（*Nadine*）、《罗沙瓦先生》（*Don Sylvio von Rosalva*）、《阿格登》（*Agathon*）、《阿卜德拉的人们》（*Abderiten*）等作。脱离向来模仿外国的领域，使性格成为"深刻化"，用富于讽刺谐谑的流丽文笔，扩张德国小说文学的领域，增高其艺术的价值。他的一生经过宗教的谨严时代、享乐时代、调和时代三个时期，他虽不是杰出的大天才，可是他的趣味丰富、多才、严肃轻快，兼有热情滑稽。他的流畅典雅的作风，凡叙事诗、小说、故事、戏曲、翻译等所赴之处都能开拓领域，他和格洛卜司妥克比肩同为德国古典文学，尤其是小说界的伟大开拓者。到了歌德的《少年维特的烦恼》、《迈斯达》(*Wilhelm Meister*)、《亲和力》(*Wahlverwandtschaften*)等作继他之后出世,德国小说就完全脱离外国的桎梏,占有独自的地步,肇始近代的隆盛。

(三)文艺评论——戏曲

格洛卜司妥克与魏兰特二人,一在诗歌方面,一在小说方面被许为德国古典文学的两大先驱。同样,在文艺思潮的评论上代表此一时代的人实为勒辛与赫德尔。过去的启蒙主义与当时的敬虔主义同是理智与感情的解放运动,又是真理爱与人间爱的觉醒运动。代表前者的人是勒辛,代表后者的人是赫德尔。

由格洛卜司妥克推进的"排除外国的模仿"与"德国文化独立"的大运动,后来由天才的评论家勒辛(Gotthold Ephraim Lessing,1729—1781)更始之大进展。可是勒辛的素质与精神的发展和格洛卜司妥克全然成为对峙。如以格氏的素质为抒情诗的、敬虔的、想像的,则勒辛的素质是理智的、启蒙的、批判的。格氏在以空想、感情为主的抒情诗、叙事诗中开拓新时代,勒辛以构成、思索为主的戏曲与批评作为划时代的贡献。勒辛在古代精神与近代精神的究极的调和中认识艺术之本质的价值,除启蒙的评论之外自己产生创作的榜样。尤其在戏曲方面,完全使之脱离法兰西的模仿与郭特谦的羁绊而于希腊剧与莎士比亚剧以求模范,创始真正的德国剧。

他的如炬的批评眼,对于其时的思想文学与各种问题全不放松。在《文学书简》(*Literaturbriefe*)里面,他激烈地非难郭特谦;又论将来的德国剧坛必摒弃法国剧的模仿,而以伟大的民众的莎士比亚剧为依归；他又阐明"艺术的"和"自然的"的本质。在《劳康论》(Laokoon)一作里面论空间的艺术(绘画、雕刻)与时间的艺术(诗歌)的本质上的差异。在《汉堡演剧论》(Hamburgische Dramatrugie)里面，他指摘柯奈耶、拉辛、鲍洛、拉方登的法国戏曲的缺点，将来的德国国民剧须脱离它们的束缚，应以自然的艺术的希腊剧、莎士比亚剧为根据，他对于将来的德国剧的建设安置巨大的基础。

他依据英国剧作《沙普生小姐》(Miss Sara Sampson)，依据希腊剧作《菲洛打士》(Philotas)以证实他的理论。《班赫蒙》(Minna von Barnhelm)一作表示德国喜剧的模范；《加洛帝》(Emilia Galotti)一作，"舞台"虽仿意大利，但内容与形式，足为德国悲剧的典型。他以批评家、革新家、创作家而贯彻启蒙主义，使德国文学脱离外国的模仿，将基础与理想给予国民文学，尤其在贡献艺术的内容与形式于德国剧之点，不能不谓之为德国古典主义文艺的最大的先觉者。

勒辛的批评大体是启蒙的、理智的、觉醒的，赫德尔(Johann Gottfried Herder, 1744—1803)的态度是敬虔的、感情的、空想的。除了康德的批判哲学之外，赫德尔又受宗教的敬虔的"北方的魔者"韩曼(Hamann)的影响。赫氏生而具有锐敏的感受性，他与格洛卜司妥克的敬虔的诗风，卢梭的"返于自然"的主张一致。他憎恶宗教、道德、文艺里的不自然，力主在索漠的理性之上尊重纯真的感情与想像，他不厌深求人道主义(Humanitat)的真义。

在文艺批评上直接使赫德尔受刺激的人也是勒辛、赫德尔对于勒辛所著的《文学书简》曾著了《德国文学断片》(Fragments zur deutschen Literatur，1767），又因为受了勒辛的《劳康论》的刺激著了《批评论丛》(*Kristische Walder*，1769）。他努力于修正勒辛的批评。他对于向来的技巧的文学倡说感情自然发露的自然的文学与国民的文学，主张文学里的独创性与国民性。

依据此种见地，他赞扬圣书、荷马、莎士比亚、奥昔安。他的思想使青年的歌德受强烈的感化。他为温克尔曼所刺激，所以他注意古代的研究。他在各民族的清洁的灵魂之中观赏纯真的诗美的泉源，发现民谣的真价；建设他的独特的历史主义、国民主义、人道主义。他在思想与文艺的批评方面开拓新境地的功劳是永不可没的。

(四）从天才时代到黄金时代

以理性的解放为目标的启蒙主义由勒辛完成了它的本来面目，达到它的顶点。不过在建设新的文艺思潮上则理性的解放尚只完成半面。此种思想过于着重理智与悟性而忘记了"感情"与"思想"的自由发挥。其结果，"全人间性"的解放的呼声便起来了。就是说，在主知的批判的时代之后，主情的创造的时代不能不来了。"全人间性"的解放，着重主情的创造的时代就是"狂风暴雨"（Sturm und Drang）和继之而起的浪漫派的（Romantic）时代。前者主天才的创造性，以努力创作（尤其是戏曲）较之保持明确的指导原理为重。后者具有修赖耶尔马许尔与谢林的哲学所从出的独特的世界观、文艺观，除了"单纯的自然"与"空想"之外，并尊重文化与睿智。

"狂风暴雨"遍布德国文坛时就是以1770年为中心的前后约二十年间。一种疾风式的天才主义，不单在文学界，也影响思想社会各方面，甚至称为"精神的革命"。如克林格尔(Klinger)、冷兹(Lenz)、箫巴特(Schubart)诸人，就是代表的斗士。这一派本来是受赫德尔（更溯而上是韩曼）的刺激的；一方面也受卢梭思想的影响，反抗一切因袭的法则，追求"新奇""天才"与"独创"，高呼主观完全自由，以莎士比亚为最高的目标，也崇拜荷马、奥昔安、拍息(Percy)。然而他们过于排斥传统与法则，结果流于放纵；又因为过于注重主观与感情，遂流于感伤，所以未能收文艺的果实，早就凋落，盖为难免的运命。

青年的歌德以《郭兹》(*Gotz*，戏曲)、《少年维特之烦恼》(小说)二作，徐勒尔以《强盗》(*Die Rauber*)、《费士考》(*Fiesko*)、《阴谋与恋爱》(*Kabale und Liebe*)戏曲三种曾一时卷入狂风怒涛之中，但他们不愧为二大天才，终能克服奔放的时流（即天才主义与浪漫派），走进自己的境地，以圆熟的作品使德国古典主义文艺的黄金时代出现。如果没有这个转动时代，则德国文学的更新将不可能。在这个意味上，"狂风暴雨"时代是随同初期浪漫派完成时代的使命的。天才主义与浪漫派着重流动的感情，以反抗破坏为先，轻视形式。反之，成熟的古典主义使生命得自由，同时以一种合法的定型的法则为重，从生命中导出理想的形式。天才主义与浪漫派所倡的是"冲动""热情""心脏""分裂""破坏"，古典主义则以"反省""睿智""头脑""调和""建设"为重。

养育于敬虔主义的歌德与养育于启蒙思想的体系中的徐勒尔，他们将向来互相排斥的两种东西，就是"古代"(das Antlke)与"国民的"(das Nationale)，"艺术"(Kunst)与"自然"(Natur)，"悟性"(Verstand)与"感情"(Impfindung)，"形式"(Form)与"内容"(Inhalt)，"启蒙思想"与"敬虔的情操"等深深地把握而使之调和,使德国文学上升到最高的典型与活动,现出向来所无的古典主义文艺的黄金时代。

"神"与"人","自然"与"艺术"是在相克中的,后来渐次阐明本性,以至于达到"浑然的融合"或"调和"的地步。——这是从发端于17世纪的启蒙思想经过敬虔主义、古代主义、天才主义、初期浪漫派等,完成德国古典主义文艺的大道。

参考书目

Arthur Eloesser: *Die deutache Literatur vom Barock bis zu Goethes Tod.* (1930)

A. E. Berger: *Die Kulturaufgaben der Reformation.* (Berlin, 1864)

Alfred Biese: *Deutsche Literaturgeschichte.* (München, 1922 3 Bde)

Karl Storck: *Deutsche Literatur.* (Stuttgart, 1920)

Seh. Walzel: *Geschiohte der deutschen Literatur.* (2 Aufcage, Berlin, 1918)

H. Hettner: *Das Klassische Zeitalter der deutschen Literatur.* (5 Auflage, Braunschweig, 1910)

Ditto: *Die Sturm und Drangperiode.* (Braunschweig, 1894)

K. Siegel: *Herder Als Philosoph.* (Stuttgart, 1907)

Erich Schmidt: *Lessing, Geschichte seines Lebens und seiner Schriften.* (Berlin, 1899, 2 Bde)

Emil Ludwig: *Goethe, Geschichte eines Menschen.* (Berlin, 1922, 3 Bde)

F. Gundolf: *Goethe.* (Berlin, 1922)

(林久男 作)

第二章　浪漫主义文学

第一节　英吉利的浪漫主义文学

一

称英国文学史大体为浪漫主义文学的历史并非过言。

拟古主义的运动不是在 18 世纪吗？自然，这事实的存在是显著的，拟古主义自有它有"文学史价"，并不是要否定它而高呼浪漫主义至上；可是英吉利文学史本来是浪漫文学的展开史，将拟古主义的现象看作一个特别的事例是不妨的，那么浪漫主义文学足以掩蔽历史的全部与中枢部而有余。

拟古主义（Pseudo-Classicism）如何兴起呢？它在王政复古期之前就发了芽，诞生了瓦勒（Edmund Waller）、邓亨（Sir John Denham）、考勒（Abraham Cowley）等人。考勒模仿希腊抒情诗人品达洛（Pindarus)的《颂歌》(*Ode*)(按：考勒有 *Pindaric Ode* 之作。——译者注)纵然名不副实,地位悬殊,然而他对于杜勒登(John Dryden)的杰作《亚历山大的宴会》(*Alexander's Feast*)的出现颇为有力,此事我们却不能忘怀。诗歌里的批评的精神与讽刺倾向不必等待杜勒登,已由马维尔(Andrew Marvell)、布特奈(Samuel Butler)诸人实行,杜勒登完全君临"诗国"是始于1674年米尔顿死时一直继续到1700年他自己逝世的时候,他的理智的、轻妙的、讽刺的、党伐的、寓意的、不厌猥杂的作风是莎士比亚、米尔顿时代以来的反动,是 Charles 第二所嗜的巴黎式文学的感化的一端;再扩大起来看时,又是对于欧洲文学史全部不能不经过的希腊、罗马文学的崇拜。

此种倾向就是坡伯(Alexander Pope)所代表的18世纪前半的拟古文学。他的讥笑的教训的批评主义文学,他的使"伦敦"(London)和"特洛"(Troy,地名,见荷马的《依利亚特》。按:Pope 曾译荷马的两大叙事诗,故云。——译者加注)相似的翻译;人工造花似的自然描写,具有第一流的文学史价,是"文学至上主义"的、"本质的"东西。可是其他的一切就并不如此。在散文里有史维夫特(Jonathan Swift),有德孚,有爱迪生(Joseph Addison),有施梯尔(Richard Steele)。18世纪后半期文学,继续这些先人之业的,称为约翰生博士(Samuel Johnson)时代,其实约翰生所掌握的诗坛文坛的主权,虽为时代的主流,但未必全为逸品。诗歌的理智主义与散文的讽谐主义,成为仅在量上占多数的"文坛"的倾向,从百数十年后的现在看来,在孤独自赏的著作中也未尝不有佳作。在小说方面,由李却生(Samuel

Richardson)、菲尔丁（Henry Fielding）、施莫雷（Taobias Smollet）、施透（Laurence Sterne）诸人安置了粗疏的初期浮世写实主义的基础。

二

浪漫文学的新生早已在18世纪的中期出现,将它视为对于古典派的不满尚有未足。它是由拟古的大众性的愚劣中跳出来的,自然发生的艺术之少数派的努力。

"直截性"与"朴素性"常为平凡的大众的标语,这个时代文学的俗众所喜悦的乃是"不直截的迂远"与"远于朴素的不自然",而浪漫派的口头禅就是 Naivete 与 Directness。但是仅仅如此还不是英吉利浪漫文学的特质。此外尚有对于"美"的喜悦,对于奇异的超自然的事物的憧憬,对于本国文学的倾慕。这些是18世纪半到19世纪初头约一百年间所出的浪漫文人的特质。鲍洛的诗学与拉辛、柯奈耶、莫里哀的戏曲的余音,在18世纪前半期创成英国拟古主义的一半。浪漫文学家和它比较起来,并不依赖任何特定的外国偶像,只是采取外国的浪漫的特质,搜集一切本国的浪漫的资料,成功庞大的浪漫的复活运动。试看诗歌的大势,至18世纪后半期,可称为浪漫派前期。例如杨爱华（Edward Young）的《夜思》（Night Thoughts）、布勒牙（Robert Blair）的《坟墓》（The Grave）即为浪漫派的先驱。此二作均于1743年出世,前作描写悒郁,深刻鲜明;后者的诗法是无韵的、雄劲的。二作均为新时代与旧时代的过渡。此外有沙发吉（Richard Savage）因《蒋生小传》知名,他的生涯有"传记的浪漫性",也有较之他的诗歌更能引起"历史感"的地方。

古典的感化之后有格莱(Thomas Gray)与柯林斯(William Collins)。格莱的《墓畔悲歌》(*Elegy Written in a Country Churchyard*)和颂诗(Ode),从现在看去,诗意虽然不出平凡的境地,可是诗中的"人间无常"的道理,却有一种魔力,永远留在别人的心里。柯林斯的《薄暮吟》(*Ode to Evening*)与《简素吟》(*Ode to Simplicity*)的美感,正如批评家所常称道,此诗和岐次(Keats)的想像力相近。此二人不仅是古典的余响,他们对于"自然"也有觉悟。对于"自然"的憬慕,在汤蒙生(James Thomson)的《四季之歌》(*Seasons*)里最为显著。"自然"的爱好,不仅是因为交通便利旅行轻易的原故;饱享"文学上的自然"之后,"自然"的本体在文字上看去也有清新的兴趣。又因为离开了都市、Saloon、酒馆、咖啡店的艺术性便走向鸟啼花开的大自然的浪漫性的原故。汤蒙生所描写的自然,在技巧上虽有缺点,可是他是一个垦荒者,这一点值得注意。后来有作《庭园术》(*Landscope Gardening*)的诗人薛司登(William Shenstone),作《羊毛》的诗人戴尔(John Dyer),作《荒村吟》(*Deserted Village*)的诗人歌德斯密,作《游吟骚人》(*Minstrel*)的彼底(James Beattie)等继出,于是英国的诗歌就从造花艺术进展到田园文学了。作《茶话》(*Tea Tale Miscellany*)的苏格兰诗人兰撒(Allan Ramsay)也在其内。

因为与"自然的爱好"相反的特征续出,于是就立即断定此种倾向薄弱,这却不可。在浪漫主义的巨流中,各种倾向全打为一团,然而同时又被冲散。对于"自然"的爱好,其第二段的形态,由库伯

（William Cooper）、朋斯（Robert Burns）等人的著作显示出来。除此二人外，又加上克奈朴。与其视他们为单纯的自然诗人，不如视他们为直面现实生活的诗人，他们的爱好，大多在自然的景物的内部。

现实生活的主体是"人"。他们在人间生活的方向得着浪漫的要求。库伯的《工作》（Task）是"自然"与"人间生活"发生感情关系的自然描写与现实描写。克奈朴作《村落》（Village）与《教区记录》（Parish Register），其目的在描写贫人的同情，田舍生活的写实主义与自然爱。他的著作虽受前时代的影响，可是浪漫时代的写实手法是由他安置基础的。他的人道的感情，因为他对于贫民的同情描写得很有力，这是值得注意的。布龙菲尔（Robert Broomfield）的《农民之子》（Farmer's Boy）也具此种倾向。因为有苏格兰佃农的儿子朋斯，于是英国的浪漫主义容纳了旋律丰富的小曲中所有的田园情调，俗歌"Tam ó Shanter"与《佃农的星期六夜》（The Cottier's Saturday Night）的写实主义。他发出 Democracy 的呼声，但这不是他的思想，而是他的简朴生活的呼声由他的不加选择的各种要求混合在一起所表示出来的。

三

浪漫时代的社会的背景就是工业资本主义的勃兴，产业革命的展开。

将诗材从都市移到田园的诗人们，他们除自然的爱好之外，同时不能不遇着农村里的贫农的酸辛了。欧洲的总结账变成法兰西大革命而勃起,乃是自然的结果,此时英国的浪漫诗人也想起来参加。例如威士威斯(William Wordsworth)赴法,哥尔利治(Samuel T. Coleridge)与骚齐(Southey)曾憧憬于"万民政治"(Pantisocracy)的共产梦。不过他们没有立即参加"实行的人生",但这不是浪漫诗人的弱点。他们向发挥自己的天赋才能前进。浪漫时期的人道的共产主义,其特长为"空想的",但不足为非难的口实。

"爱好自然"与"写实主义"的一群,他们安居的地方就是威士威斯所住的清净境界。在这意味上,他可以承受代表一部分英国浪漫文学的荣誉。他的生活简单思想远迈;他避开革命致力于《前奏曲》(*Prelude*),与《隐遁者》(*The Recluse*)中的《逍遥篇》(*The Excursion*)(按:威士威斯原想作成一篇三部曲,取名为《隐遁者》,但只作成《前奏曲》与《逍遥篇》两种。——译者加注)的写作。他的诗的神秘主义与自然主义浑然一致,于是他的诗歌的大业完成。

四

浪漫的英国的其他产物是"爱美"与"超自然的沉溺"与"神秘主义"。这些作家和以前的自然诗人(反抗前时代的非自然诗人,开拓新的境地)比较起来,他们别无怎样的反抗意识,可是如果认他们有浪漫的反抗心,则他们对于现实的反抗是深而且广的。他们的想像力之丰富,自然诗人终非他们的敌手。这种诗人的头一名,就是布莱克(William Blake)。

布莱克在18世纪时代精神里是一个奇异的存在。他的诗风忽然出现于英国,是他对于中世纪以来英国神秘思想的展开历史与17世纪诗人的作风的一种愚拙的行为。近代英国浪漫思潮犹如春到则百花开放,在各种倾向出现之时,我们切不可忘记这位浪漫神秘诗人。在《天真的歌》(Songs of Innocence)与《经验的歌》(Songs of Experience)里面所见的人性的"神秘观的直视世界"是略异于近代象征方法的一种象征技巧,表现了"神秘世界的暗示"。

浪漫的高潮更引导他们回顾祖国的古谣,产生了虚伪的少年天才诗人察特吞(Thomas Chatterton)。他自称依据圣玛丽·勒德克利夫寺的旧钞本,将他仿古的词题为《罗尼诗集》(Rowley Poems)刊行,因欺诈为人识破,自裁其十七岁九个月的生涯,然而他的感受性的敏锐,已明示模仿中含有创意。他的本身的存在,即在痛苦中显出明了的浪漫诗歌的一端。

与察特吞相等为人称为欺诈而内容稍异的诗人有麦克芬生(James Macpherson),他曾以《古诗断片》(Fragments of Ancient Poetry)公世,自称为搜集并翻译纪元第三世纪古克尔特(Celt)诗人奥昔安(Ossian)的旧谣,当时毁誉交加,直到他死后还不能辨别此事的真伪。可是并非全为伪作,他在蓝本中加进不少的创意,在文献学的真伪的兴味以外,他的创作价值之优秀,足以引起大陆文学家的爱好。

重新研究古文的趋势使拍息(Thomas Percy)搜集《古英诗拾遗》(The Reliques of Ancient English Poetry)三卷公世。因校刊不严虽受责难,但是他将湮灭的文学、忘却的诗歌使其原来的形态再现于当时;在那除了希腊、罗马、法兰西、意大利而外没有文学的时代的读书界,却能影响以"爱民族""爱国语"做根基的古代歌谣的研究。使 Ballads 与俗歌的文学价值有被人返顾的机会,确为浪漫期的一种特质。

五

"爱美"与"爱奇的感情"在许多地方都是并存的。认此为浪漫派的特质而加以述说的人有 19 世纪批评家佩特(Pater),即使他所说的缺少"欧洲大陆的普遍性",但在事实上,他已把英国的现实性充分地加以论列了。

浪漫文学的唯美诗人,他们的教养是从 Spencer、Milton、Shakespeare 那里得来的。尤其是作《仙女王》(*The Fairie Queen*)的诗人 Spencer,他的伯拉图式与 Petrarch 式的诗风影响此时的青年诗人甚大。著《薄暮吟》的诗人柯林斯早已显示他的感觉。由柯林斯所联想到的岐次(John Keats),他的美的宗教在柯林斯之上。他著"Endymion"四大颂诗(Odes)与《奈米亚》(*Lamia*),建立了煽情的希腊思想的唯美主义艺术。因为他的感觉敏锐,美感纤丽,想像力丰富,技巧精致,自有英文学以来,他在英国集浪漫诗歌的大成。他和美国的爱伦坡、法国的鲍特来耳遥远地呼应,成为 19 世纪耽美文学的鼻祖。关于事象的浓淡强弱,像他那样观察精细,能发现"美"的诗人却不多。"自然""传统""艺术品"的"美"都被吸收变成他的诗句,奏出独特的旋律。后出的诗人如施文班、罗色底、旦尼生等都是从这位早夭的天才的羽下生出来的。英吉利浪漫文学的高峰正是这位诗人。

哥尔利治为湖畔诗人之一,他在经验论的英国哲学里添上德国式的观念哲学,此种后天的动因,是由他赴德国以后发生的。他和他的冷静的友人威士威斯不同。他的感情神经纤细,因天赋的原故,在哲学方面倾向于理想主义(Idealism),在诗歌方面他倾向怪奇的浪漫派。他的《克利士台伯尔》(Christabel)与《古舟子咏》二作中的形式美,想像力之丰富,妖异的诗美等等和他的《讲演集》中的莎士比亚的发现均实现了浪漫的女王时代的新解释与浪漫的19世纪的新建设。他的友人骚齐长于探史,作诗比不上友人威士威斯与哥尔利治,不过在怪奇兴味一方面,骚齐和哥尔利治却有共通之点。

诗人中像拜伦(George G. Byron)那样毁誉不定的颇少。他的《却尔特哈洛尔特的游历》(*Childe Harold's Pilgrimage*)、《童芬》(*Don Juan*)、《曼弗莱特》(*Manfred*)等作未能表示他的诗的生涯。他的行为是"非英国式"的,极其放纵。他的诗法的谬误和他的生涯的谬误相等,他的琐屑的诗美和他的生涯的诗美相等。他和岐次、雪尼(Percy B. Shelle)比较,他的诗不免劣于二人,不过他感到时代的一切刺激,放胆地发抒,这里却互有短长。

青年雪尼有"狂人雪尼"的绰名,因为女人的关系,他和拜伦一样,受了社会的纠弹。他的政治的兴味与拜伦同,曾实行赴爱尔兰,他较之拜伦有胜任哲学思索的头脑。他的《普洛麦休斯被释》(*Prometheus Unbound*)、《云雀(雀)赋》(*To a Skylark*)、《阿妥奈斯》(*Adonais*)诸作,在"叛逆性""异端性""自然爱""空虚性"之中,使理想主义诗歌的未来享有其价值。他也是英国的浪漫诗史中的一个代表。

六

在上述的代表作家之间,尚有一群小诗人,如作《拉拉·鲁克》的穆尔,作《卡沙比安卡》的休曼斯,作《山中骚人》的何克,以及小哥尔利治兄妹等是。不过他们都是坐在高山的谷里的人物。此外仅有诗人而兼小说家的司各德(Sir Walter Scott)必须另叙。

司各德搜集民谣、传说是因他的天性对于中世传奇有兴味的原故,长篇诗《湖上美人》(*The Lady of the Lake*)的成功也是出于此种兴味。他的浪漫性多倾向于中古世界的现实的结构,可是并未将中世主义的情趣仔细吟味。他犹如一个"野史氏",做一个传奇小说家如水之就下,是极自然的。因此他的《瓦浮勒小说集》(*Waverley Novels*)的中世主义,在布置结构方面虽有浪漫性,但缺少浪漫主义的哲学。不过他有一种特长,他是富有趣味的人,他的热情随时可以出现,足以补此缺陷而感动读者。他有一种通俗作家所有的天赋本领,下笔甚快,布局复杂,有极大的感动力,足以使读者沉醉。

以小说的"超自然性"为特色的人不单是司各德。"怪异小说"与"东方故事"一派还在他之前,也值得注意。英国的 Gothic Romance 一派就是用"超自然"的感动力引起大众注意的作家,他们发挥"怪异性"的文学价值。这一派的著作有下述各种:瓦尔波尔(Horace Walpole)的《奥兰妥堡》(*The Castle of Otranto*),李夫(Clara Reeve)模仿此作著出来的《英吉利老男爵》(*The Old English Baron*),拉赖克利夫(Ann Radeliffe)的《乌妥尔乎的秘密》(*The Mystery of*

Udolpho）与《林中绮谈》（*The Romance of the Forest*），刘唯士（Matthew G. Lewise）的《沙门》（*Ambrosio: or Monk*）与《怪谈》（*Tales of Wonder*），马都林（Charles R. Maturin）的《漂泊者麦尔摩士》（*Melmoth the Wanderer*），徐妮夫人（Mary Shelley）的《佛莱克斯敦》（*Frankenstein*），伯克孚（William Beckford）的《魏特克》。

这些作品，远于"小说的艺术性"而近于"通俗性"，因此这一派的"文学史价"不多。不过在现今的通俗作家之中也有不能够企及他们的地方，所以在英国的浪漫文学史上仍有特别的价值。对于"怪异"与"东方"的憧憬，如哥尔利治与岐次二人在他们的诗歌之中也确有这种热意，总之当时的时代精神就是诗人所要求的对象。就文学史的见地说，这些作品是从散文的平俗描写，"不能动人"中解放出来的。就哲学史的见地说，它是"观念论"的展开的俗解。就"世相史"说，它是在东方知识的渐进的路上所发露出来的新兴味。如以为它是浪漫派的各种文学的共通的重要因素中之一种，则这些作品成为一种倾向，出现于当时是不足为怪的。不过这些作品中大都没有大模规的品格，虽然时有纯真的热意，但有热无力，故不能在文学史上享受最高的地位。这些作品中的缺少"人间"的"偶然性"不足以证明这种倾向的"非艺术性"。

后来作《哈齐·巴巴》等的莫利尔（James Morier），作《波斯冒险家》（*The Persian Adventurer*）的弗莱柴（James Fraser），作《安那斯达休斯》（*Anastasius*）的何朴（Thomas Hope）等续出，则近东的兴味横溢，这是当时文坛的大势，哥尔利治在《古部拉·堪》中也曾用过，所以如伯克孚的Romance不能因它异乎寻常而认它为独立的东西。伯克孚的地位试看新版的《纪行文》便可以知道,他有不平凡的性格、经验与文体,我们应以新的见地将他的《魏特克》在小说史上的位置重新估定,至于以"书翰家"见称的瓦尔波尔,我们也该同样的注意。

七

列举英吉利浪漫文学的特质,如历史家戴·麻尔之说,不外是"神秘""惊异""耽奇"三者一致的文学。"形式"与"内容"有优越的个性,"言语"与"技巧"各极其妙。至于古典主义则为"自制"与"平衡"的文学,"形式"与"思想"均重"因袭","言语"与"技巧"均明晰。艺术之"浪漫的特性"为将"奇异"附加于"美",艺术之"古典的特性"为将"抑制"与"无疵"附加于"美"。浪漫精神的真髓是"耽奇心"与"爱美"的结合,浪漫诗人常受"灵感"(烟士批里纯)的恩惠。古典诗人则大部分是"灵感"的主人。古典主义文学象征世界的平静,浪漫主义文学象征世界的动摇。古典主义犹如希腊寺院,全体与部分的关系完全妥当,就全体看是正确的,就部分看是匀称的。浪漫主义是Gothic式的大伽蓝,并非用全体的效果使人感动,而是用"部分"与"变化"令人感动的。

英国文学经过三大浪漫运动,换言之,优越的艺术曾有三个浪漫的时代。自然不是说没有古典主义,浪漫主义兴盛时,古典的心意依然存在。第一期称为旧浪漫主义(Palaeo-Romanticism),发生于喏曼征服以后的中世浪漫时期。第一期与宗教结合,故与其他二期不同。

如《亚脱王传说》与"中古教会"的结合便是其例。所以英国的 Elizabeth 朝人称"古传奇"为"教士臭"(Monkish),确有道理。古传奇的作者多出自教会。第二期称为"中间浪漫主义"(Meso-Romanticism),此时英国灭了西班牙的无敌舰队,国力扩张,再加上"文艺复兴"的精神,由此创造出来的"惊异的精神"就是这一期的特质。这时虽有人崇拜罗马文学,但浪漫精神(富有新自由精神)渐渐泛溢时,古典文学的"传统"便消灭了。Elizabeth 朝就属于这个时期。Spencer 等于英国浪漫主义的链环,就他所遗留下来的"譬喻""道义的理想主义""武士道的 Pageant"诸点说,他是时代的最后一人,可是就作品色彩之浓厚、神秘的氛围气、诗体的感觉美诸点看来,他是新时代的传递者。米尔顿是 Elizabeth 时代浪漫派的最后一人,证明"古典教化"与"浪漫的感觉"在当时有混合的可能。后来 Elizabeth 朝时代的 Romance 成了浪漫主义的残渣,在 18 世纪苟延残喘,成为 18 世纪的夕晖。中世 Romance 在 18 世纪后半期所占的领域甚大。将新要素加于此二者的就是第三期"新浪漫主义"(Neo-Romanticism),它的特性为取材新颖自然,对于世俗的习惯有新兴味,新嫩的情绪主义,超自然现象的兴味,还有个性的精神等等。如歌咏"自然"与"人"的诗人威士威斯,超自然的(Occult)诗人兼哲学家哥尔利治,仰慕古代的司各德,主观诗人拜伦,清逸的诗人岐次,以及天界的热情者雪尼等人就是这一时期的极峰。这一时期又称为近代浪漫主义。

以上为戴·麻尔之说,但有不能全部肯定之处。例如 Neo-Romanticism 的名称和晚近浪漫运动(Victoria 朝时代的后半期)的一部分的用语有抵触之嫌。不过在大体上用来分析英吉利的浪漫文学还算是得当的。

参考书目

H. A. Beers: *A History of English Romanticism in the Eighteenth Century.*

H. A. Beers: *A History of English Romanticism in the Nineteenth Contury.*

H. G. De Maar: *A History of Modern English Romanticism.*

A. Symons: *The Romantic Movement in English Poetry.*

C. E. Vaughan: *Romantic Revolt.*

T. Earle: *The Victorian Romantics.*

L. P. Smith: *Four Words.*

W. Pater: *Appreciation.*

J. G. Robertson: *The Genesis of Romantic Theory in the Eighteenth Century.*

(日夏耿之介　作)

第二节　法兰西的浪漫主义文学

法兰西近代文学里的浪漫主义,其所表现者甚大。就时代说,始于1820年拉马丁的《第一瞑想诗集》出版时,终于1850年写实派兴起之时。但时代的终结决不是说那时代的文艺精神已经终结的意思。在诗歌方面,有鲁康特·德·黎尔、修尼·朴留登姆;在历史文学的领域内有耶勒斯特·鲁南;在小说的田地里有弗劳贝和左拉。如果我们在那些一方面反抗浪漫主义一方面创始写实派文学的人的作品之中,听到浪漫主义精神的跳动,则在将写实派文学使之变为"立体"或"花样"的象征派文学之中,可以看见浪漫主义的还原,由此知道以过去的一切"人生观的综合"作为根基的20世纪法国文学,依然容纳许多浪漫主义的本质或要素。最近宣传的"超现实主义"文学,含有极端暴露"我"的文学的意味,是一种不从浪漫主义下功夫就不能解释的文学形式。照这样看来,浪漫主义决不是跟着浪漫主义时代逝去它便消灭的文学精神,它不仅表示某一种文学派别的意志。浪漫主义文学在趋于极端之点不免为人诟病,但在文学上它引出一个全新的时代,所以无论如何,它是一种正当的文学革命。

向来批评家常为浪漫主义下定义。如白留替尔的定义说:"浪漫主义第一是文学艺术里个人主义的胜利,换言之,就是'自我'的完全且是绝对的解放。"这个定义是颇得要领的。可是正如白留替尔本人所说,此主义的解释,并非有待于语意的穿凿附会,也不是视它为一种主义而求其定义，不过从历史的进展上，明了文学上是如何变动而来的，由此以决定它的定义。由此看来，无论谁何为浪漫主义下任何定义，虽未能将它解释明白，可是结局都成为浪漫主义的定义了。如果要勉强下一个像定义一样的解释，那么，浪漫主义不外是"文学上的新教""文学上的自由主义""文学化的法兰西革命"。

这里发生一个问题，对于任何旧教的"新教"，对于一切保守主义的"自由主义"，还有对于任何限制束缚的"反抗的革命"，是否都可称之为浪漫主义？别的姑不置论，这个问题是非先决定不行的。

最近逝世的批评家拉色勒（Pierre Lasserre）在《法兰西浪漫主义论》（*Le Romantisme français*）里说，受外来的影响，法兰西精神的一时的，或者几乎是病的危机，就是浪漫主义。近代法兰西浪漫主义的精神，是受了英国雪尼、拜伦、司各德，德国歌德、徐勒尔、洛伐里斯、霍夫曼等人的作品中的情感的刺激而酝酿起来的。北欧的"灵魂的诗"（也就是"为自己的热情的文学"）它使那从古典主义以来为发抒人间的社交性而写作的法国文学（也就是"为别人的趣味而做成的文学"）根本动摇。但是批评家并不仅在外来的影响以求浪漫主义发生的动机。法国的浪漫主义与其运动是和新教的气氛融合了的，它虽受外来的影响，可是它反抗本国的古典文学（可以称为旧教精神的文学化），尤其是18世纪的合理主义的文学，努力破坏旧习，就是它的主要工作。古典主义的理想，是从"文艺复兴"带来的丰富的艺术感情与笛卡儿的哲学培养出来的透明的理智批判融合而成的。此种理想终于偏向一方，使"感受性"与"想像"反受"理智"的束缚，因此成为似是而非的古典文学,它是浪漫主义者最大的敌人。于是与史台尔夫人的呼声——"掌握欧罗巴精神"相应和,从莱因河的彼岸或曼希海的彼岸带来了新的文艺感情。但是法国的浪漫主义如果没有古典文学的保守因袭,它也不会有引导近代文学的运命。

大家以为浪漫主义的出现,不仅是欧洲各国,连全欧洲也走进更新的路途了。因此将它和16世纪的"文艺复兴"的革命变化互相比较。当时那种伟大的时代精神的转换,如果不是靠外来的影响,那么,是什么力量可以引起那样的大变化呢?

那不是在文学的领域内所酿成的力量,乃是法国的社会机构里所生的异常的变革——是"法兰西大革命"。

称浪漫主义的文学为"文学化的法兰西大革命",决非修辞上的措辞。这犹如发端于路德(Luther),由克尔温在法国提示的"宗教改革"成为促进"文艺复兴"运动的重要动机一样,法兰西大革命是标榜"破坏特权"与"个人自由"的,它使文艺作家憎恶陈旧的古典主义文学,这却是极其自然的顺序。1789年7月14日在视为特权象征的巴士迪堡之下,法国民众的呼声响彻云霄。1830年2月25日当雨果(Victor Hugo)的韵文剧《欧那尼》(Hernani)上演之时,"打倒古典主义"(À bas le classicisme!)的呼声在法兰西剧场内外沸腾,这其间显然是革命精神的交流。这些都是新制度对于旧制度的反抗,自由对于束缚的战争。法国浪漫主义纵然含有其他要素,只有从古典主义完全解放出来才是浪漫主义的出发点,同时也是他的到达点。

古典主义文学不外是尊重理性的文学,它以穿透人生的真实领略自然为尺度,是将至高权柄付与"理性"(Reason)的文学。从作家本身的立场看去,它是对于"艺术冲动"加以充分的统制,在统制之上,苦心孤诣地加上人间性的光辉的一种文学。这种文学,它是17世纪精神(就是在一切社会生活中以求规律)的直接反映。它在大革命以前,仍是一种文学思潮,维持着它的生命;它是法国文学史上的伟观,又是在法国文学里形成一大传统的文学倾向。古典文学的根基和指导是"理性",而理性的本质不外是"良知"或者是"常识",是一种离开"个体"而走向"全体"的能力,又是与其在民族毋宁在人类以求"文学对象"的能力。因此古典派作家飘然地脱离时代与场所的系缚,他们不在产生自己的法国寻觅艺术的世界,动辄在意大利或者希腊去寻找,甚至在世界的任何地方去寻求某种理想的国土。他们在那里自由地描写人间的姿态,那里的人间姿态是脱离优越的现实的复杂性的,又是用意志和理性来统制热情的,这可以说是古典主义作家的常套。可是同为古典主义的作家,如像作《安杜洛麦克》的拉辛,他就是一个描写"个体"优于描写"全体"的有才华的作家,又是一个描写"为野心与热情所迷的人间"优于描写"理想化的人间"的作家。然而当他描写人间的个体方面之时,他并不是将热情的杂乱写了出来,他使这种"杂乱"有条理或理性化。换言之,他在"杂乱"之中寻求产生"杂乱"的理由——至少他将普遍的真理暗示人类,所以像拉辛这样的作家仍不得不令他成为古典派中的一个。

依据此种看法,古典主义的文学是为了"全体"而将"个体"漠视或牺牲,为了"永远的生活事实"而将"一时的或偶发的生活事实"漠视或牺牲的文学。他们有高逸的精神,能使"全体"包含个性,使"永远"统制"偶发"。他们有一种透明的文学精神,就是将人生的复杂使之单纯化。不过此种单纯化普遍化的精神在18世纪的古典作品中,尤其是福禄特尔的悲剧,不免堕于过甚的抽象。在福禄特尔的悲剧里面,想要描写普遍真实的古典主义精神趋于极端,他虽然也安排了国家或时代,可是只有超越那些人物、时间、场所的性格感情在活动。作品中的主题虽然是新鲜的,可是作品中只有漠然的一般的人间世界,毫无兴味地展开出来。古典主义把各国各时代的人表现为法国人或者同一时代的人,浪漫主义要反抗它,就是要应付这种愚拙的习惯。要求新文学的人喊着:"自己的国家,自己的感情,自己的风习,讴歌自己的神,就是浪漫主义者。"在这句话里面,深含尊重文学史家所说的"地方色彩"的意味。尊重"地方色彩",他们不仅主张尊重过去各时代的个别的特性,还须尊重异国民与异国的个别的特性浪漫。主义对于古典主义的反抗具体地说(认为各作家共通的精神),不外从此主张出发。古典主义所描写的人类一般的"存在",如在浪漫主义则不认为文艺的对象,主张以"民族""种族""国民""家族""个人"代替此种抽象的"存在",使文学的内容有充分的具体性,就是浪漫主义文学的出发点。

我们的"理性",于应对"人生的自然"之时,拨开个别的、局部的、刹那的而精选"自然的生命"是当然的。依此意义,如果以"理性"为主的古典主义文学的对象是"选择过的自然",则浪漫主义的文学对于"自然"是没有选择偏嗜的,乃是取用自然的全部而将它个别地艺术化的文学。

　　由别一方面看,法国的古典主义文学是由17世纪的所谓"Salon"培养出来的。那时的Salon在路易第十四的豪华的宫廷,被视为优美典雅的发祥地。所以古典主义文学在依顺社交礼节的意味,它是矜重的守礼的文学。作品中所取用的多为伟大的超逸的壮丽的姿态。国王或王族等类权威盖世的人,都排列在文学舞台的前面。但浪漫主义正与此相反,作家的兴味不为社会的阶级所左右。如有必要,他们的作品是使下层阶级的个人感动的,不愿以帝王的事件作为材料。国王或皇族虽然有时出现,但与古典主义文学中的不同,不必尽为冠冕堂皇的人物,和普通的人一样,有的执迷不悟,有的为弱小的原故苦恼。在古典主义的悲剧——尤其是柯奈耶的悲剧中,只有高高在上的人才有高尚的性格。但在浪漫主义运动的中心人物雨果,他在《悲惨世界》(*Les Miserables*)一作里,也非使身入囹圄的范尔让(Jean Valjean)有高雅的性格不可。由此看来,新时代的文学,纵然是怎样特殊、怎样卑俗、怎样丑恶的生活事实,只要它是"人生"里所有的,只要它存在,它就有成为"文艺的内容"的权利。这时艺术的目的全然改变了。从前只模仿美的形式,分析若干"特权化的感情"以投合一般的趣味,已是过去的东西了。不问美丑,以表现各种人生形式的个别的特征为务;虽有热情,但描写作者实际所有的;并非为社交界或一般的趣味,是为自己本身的趣味,这些在当时的新文艺都是主要的问题。反古典主义者的一人塞巴斯丁·麦歇尔(Sebastien Mercier, 1740—1814)在他著的《演剧论》(*Essai sur l'art dramatique*)里说:"自然是永久不变的,但如自然之易于移动者实无。我们所求的自然是将它的动辄消失的姿态使之改形。"古典主义并不追求自然的复杂的姿态。浪漫主义与之相反,如实的观赏自然的错综,一任心之所向与自然亲近。有时也不免有迷失方向之虞,可是想和自然的神秘接近的希望常时鼓动他们的心。归根结蒂,古典主义文学是以"普遍""人类""抽象""不变"为对象的文学;浪漫主义文学就是紧握"个别的""国民的""具体的""复杂的""易于变化的"一类的事物,用以达到文学的"真"。依据批评家大卫·邵佐(David-Sauvgecot)的观察,古典主义文学与浪漫主义文学的对立也就是绝对的真与相对的真的对立。模仿古人的习惯,继承希腊、罗马的旧文学;着重内容形式的明晰整饬的"古典的规制",例如悲剧、喜剧、史诗、牧歌、哀歌、抒情诗、十四行诗等文学形式中所具的严密的界限;以及在"时间""场所""情节"上定下规则的"三一律"等等,在认文学为满足他人的趣味或一般的趣味而写作的时代,以上所举的种种,不外是必然的存在。但在以满足自己本身的趣味为目标的新文学则丝毫没有规定"人为的法则"的余裕,因此"自由"二字势必成为一切文学的法典。

雨果喊着"艺术的自由",于是古典主义者就应声反抗说,"艺术的自由无非使艺术混乱"。雨果又反驳道,只有自由才能使艺术有秩序,这并非不当之说。依据他在《短诗与长诗》(Odes et Ballads)的序文中的主张,古典主义者虽然在文学中寻求秩序,但他们的目标偏于皮相,只想得着形而上的规则,并未与他们所寻求的本体接触。艺术即创造,创造非"人为"也非"模仿",它高高乎在上。它以天地自然的自由法则为准，如果天地自然的法则是有秩序的，则在创造者的面前就有自然与秩序的产生。因此当诗人著作之时，雨果主张说："不可用已经写过的作为准则，须以魂为准，以心为准。"他的这种主张，不能不说他因为要守护自家的立场而加重古典文学的弊病。然而视秩序为生命的古典文学，重形式而轻内容，给浪漫主义以攻击的机会，却也未可否定。

这里须得注意的，就是此种"艺术自由"的主张与要求，浪漫主义者一方面用以反抗古典主义的精神的结晶，一方面又使法兰西文学归顺于未受希腊、罗马文学熏染的中世纪精神。在引导法兰西文学倾向古典异教的"文艺复兴期"以前，遍于法兰西与欧洲的基督教精神借浪漫主义文学复活了。

此种复活了的法兰西固有的精神在当时所受希腊、罗马文化的影响，并不较本国的为多，不过当时曾把产生"土著精神"（地方色彩）的北方文学（尤其是对于英德文学的咀嚼玩味）引导过来，确是事实。由于史台尔夫人的《文学论》与《德意志论》的指示，19世纪初头的人能以"无文化束缚""自由空阔"的远时代的空气，使久病于希腊、罗马式的人臭的文学一新耳目。就是说，法兰西文学由于注意国外文学的原故，它能够回顾灵魂久被异教化的故乡。因为脱离第二传统（译者按：此指文艺复兴期的希腊、罗马精神），遂能注目于第一传统（译者按：此指文艺复兴期以前的中世纪精神，故曰第一）。其次，受"大革命"这样的社会改革所转易的法兰西人的心中，已不能舞弄18世纪末期式的干燥理智而以挑战与嘲笑为事了，虽然不能说这是宗教的信仰，但至少是一种希望"无限的伟大的"事物的宗教感情在那里活动。在这个时候，他们有两种感情互相错杂，就是在最近的过去，他们看见旧社会的废墟所发生出来的无聊的感情，还有呢，在废墟之上必须建筑的对于未来的不定的预感。一方感到难于恢复的疲倦，在别一方面对于足以寄托自己的东西有了朦胧的憧憬。此时古典时代的静谧、清朗、理智的天地已经闭锁，虐杀、放逐的暗淡的夜晚虽已过去，但是在光明未能立刻到来的晓光里活动的人，他们的心中，茫然地在浮动。正如诗人穆塞所说："是在下了种子的土地上走路或是在践踏了的土地上走路，尚不可知。"这正是缺少"理智的统制"的"感情的混乱"，是感情过于丰富的混乱。虽在草创中，然而对于"无限"的憧憬极热烈的遥远的 Gothic 时代，对于艺术是何物还未有意识，然已产生伟大的 Gothic 艺术的中世纪，它的阴影投射在此种感情的混乱之中。依此看来，浪漫主义文学里的中世纪精神的复活，并不仅是国外文学使然的，也是受了法兰西本身所蒙的社会改革的督促，这是当然的结局。

与中世纪绝缘而在希腊、罗马的异教文明中寻求"美的泉源"的古典主义的精神，使人留恋于现世的快乐，不使人思想来世的幸福。反之，从国外的文学，就是从比较未受异教化，在冥想中生出憧憬的热情的文学，得了回顾基督教的中世纪天地的机会的年青法兰西人，他们被社会大改革催促，不得不烦恼于时代推移的方向，而冥想自己的运命的归宿。他们至少要依从基督教的说法，在死的彼岸的"未知的幸福"；他们悲伤地走上生活的幻灭，随沧海桑田的转迁而为古人所未曾经验的忧愁所纠缠,浪漫主义文学所具的悲观情调便于此开始。此时古典主义文学所展开的晴朗的天地已属过去,虽然他们正在等待新的太阳出现,可是不能立即迎着那光辉的灵魂的朦胧世界已经展开。他们虽然渴望永远与无限,然而遍布于地上生活的泪海的风光已在面前。为了意志的消耗与肉体的困惫而烦恼的诗歌已在吟哦了。从黎尔、弗劳贝尔等人所经验的"感"与"知"的矛盾而生出来的悲哀,我们认为是近代的悲哀的第一形式。如夏妥伯里安所作的《鲁勒》,就是在19世纪初头,将此种悲哀如实描写出来的逸品。此种悲哀的价值就是使浪漫派诗人的感情活动。如拉马丁的诗、穆塞的诗,甚至如性格傲岸的魏尼的诗,或者如有男性的斗志的雨果的诗都是吟哦人生的不幸,织出生息地上的人类的岑寂的。并且时有"恋爱天界的心"(Nostalgie Céleste)的意味在诗中反覆。

此种忧愁可以说已浸透浪漫主义文学,它继承孤独的逍遥者卢梭的衣钵,成了对于人间社会的憎恶,产生逃避现实的生活态度;成了对于山水风物的极度的爱。浪漫主义文学的中心的抒情诗,不只充满着大自然的声音与香与色了。甚至表演古典时代的戏剧,不厌反复使用"圆柱""栏干"与"锦壁"的舞台,此时也有"树林""岩石""海岸"的景致出现了。塞兰古尔所说的,用了人工则无论何处浪漫主义的趣味必消灭,这时正和他的说话相反。法兰西的浪漫主义文学是由"全体"到"个体",由"尊重形式"到"破坏形式",由"束缚"到"自由",由"异教趣味"到"基督教趣味",由"人间味"到"反抗自然味",总之,感情本位的文学的本色明朗地呈现于吾人之前。因此法国浪漫主义时代的文学,如果最简单地说,结局不外是感情中心的文学;不外是在"主观"的名下,于感情中认识一切真实的文学。

但是浪漫主义的文学中有极多的反抗要素,因此它是偏于感情的文学,是沉溺于感情的文学。我们应于此注意,作为本文的结论。

由浪漫主义的文学引出了白留替尔一流的"自我的完全"与"绝对的解放"的概念,这是谁也没有异议的。不过法国浪漫主义文学中所揭露的"自我",并无何等哲学的根据。巴斯克尔说"自我是可厌的",浪漫主义文学反其道而行,在许多地方是个人的感情的赤裸的告白。在事实上敢于用"矫饰"的告白较之"显露"为重之故,就是法兰西19世纪前半期的"自我"使然。德国的浪漫主义者,就中如洛伐里斯等人所理解的,"自我"的光辉使一切转向精神生活的内面,又是使一切达到最高峰的"求心力",这是雨果一派诗人所应该领悟但未曾领悟到的。因此法兰西的浪漫主义者,他们的文学的中心的感情不外是离开理智的感情的奔腾。极端地说,就是个人的任情放纵的表现,也就是随心意的移动而织出混乱的图案的力。它是青春的多情多感的文学,可是是否严密意味的主观文学却还可疑。

艺术至上主义的文学到了黎尔与费劳贝尔达于顶点,这是浪漫主义文学延长的表现。但此种文学中所具的感情已经加上别的形式。在此一时代出现的象征主义文学与新浪漫主义文学更成了感情的形式化,德国的浪漫主义者甚至对于"自我"也有哲学的根据了。这里应加思考的,就是浪漫主义的文学终为青春的文学,它的生长,正有待于遥远的未来。

参考书目

Pierre Lasserre：*Le Romanticisme francais.*

Petit de Julleville：*Historie de la langue et de la litterature française*, tome VII.

F. Vial et L. Denise：*Idées et doctrines du XIXe Siècle.*

G. Pellissier：*Le mouvement literaire du XiX^e Siècle.*

G. Brandes：《19世纪文学思潮史》(*Main Currents in the 19th Century Literature*) 卷一,《移民文学》。(吹田顺助　氏译本)

同上,卷四,《法兰西的浪漫派》。(内藤濯、葛川笃　二氏译本)

（内藤濯　作）

第三节　德意志的浪漫主义文学

一

浪漫主义文学在19世纪初头出现于全欧洲的文艺界与思想界，蓬勃生动，正如大家所知，它是一般人生观与世界观上的一大运动，在哲学、宗教方面不必说，在政治科学和其他人生的各部分都发生极显著的影响。但在德国文艺界的表面所表现出来的，乃是对于当时支配国内势力的反动。19世纪初期，德国文学的主权自然是在外玛尔（地名）的歌德与徐勒尔（F. Schiller）所完成的古典主义的掌握之中。与艺术史家温克尔曼的造形美术运动同时，在文艺方面也崇奉希腊为典型，此种思想，殆遍布于全德的知识阶级。在别一方面，以柏林为中心，由启蒙思想产生出来的似是而非的文学，颇有势力，如尼古拉（Fr. Nicolai）、福斯（J. H. Voss）、伊弗兰特（A. W. Iffland）诸人，尤其是柯兹耶布（August V. K atzebue），他们的作品都是以大众的兴味为中心的。浪漫主义文学实为对此二大势力的反抗，以征服他们为目标。而文坛斗争的烽火，因小徐勒格尔（Fr. Schlegel，译者按：徐勒格尔兄弟二人，兄名Wilhelm，弟名Friedrich；下文略称大徐、小徐）。与徐勒尔（Schiller）二人的失和，遂有了爆发的机会。

1790年的夏天，大徐（Wilhelm Schlegel）为了替徐勒尔所办的刊物《火林》（Horen）写文章，他偕同新的爱人卡洛林来到维也纳，不久他把他的弟弟小徐（Fr. Schlegel）从哥登根叫到维也纳来。小徐喜喜欢欢地来了。他们弟兄二人都是徐勒尔的崇拜者。但在小徐的名誉欲为徐勒尔所伤时，他就借"对于杰作下严峻的批评"为口实大骂徐勒尔。徐勒尔在《库色列因》里面，也报以激烈的讥刺。大徐夫妇虽然居间调停终未见效。因此小徐和徐勒尔的隔阂遂无法和解，但歌德则全守中立的态度，没有举动。

小徐因与徐勒尔（F. Schiller）失和遂离开维也纳，来到启蒙思想的根据地——柏林，时为 1797 年 7 月。在柏林有一位皇室乐长名叫约翰·奈斜尔德（Johann Fr. Reichardt）的人，对于歌德颇致钦仰。爱好新文学的人常出入于他的邸宅，这些人当中就有台克（Ludwig Tieck）在内。小徐加入奈斜尔德办的杂志《德意志国》，故常至其家。除此而外，在柏林还有犹太富翁的 Saloon 作为文人的交际场。在此类交际场中执牛耳的妇人有出名的李芬（Rahel Levin），亨利耶德·赫尔兹亦为其中之一。因为赫尔兹的介绍，小徐和修赖耶尔马许尔成为亲密的友人。在她那里，小徐又认识了他的爱人，后来做了他的妻子的杜洛德亚·法依特。她是著名的小说《鲁进德》中的模特儿（Model），为孟德尔森之女。浪漫派在柏林的培养地，就是那些犹太妇人的客厅（Salon）。小徐除了台克之外，又与瓦肯洛德（H. W. Wackenroder）、伯哈尔底（A. R. Bernhardi）、洛伐里斯（Novalis）等人相识。小徐的哥哥大徐后来也来到柏林，二人遂合作刊行机关杂志《雅典那母》（Athenäum, 1798—1800），他们对于文学、宗教、哲学、美术、道德与婚姻的思想因以显著。他们的思想上的结束在当时是迟缓的,二人的思想的特色各不相同,但大体的倾向,可以称为浪漫的,此点二人一致。

启蒙思想的中心地柏林成了浪漫主义的中枢,仅为1897—1898两年间事。翌年即1899年,小徐和杜洛德亚·法依特移住维也纳。在他之前谢林(Schelling)因为要深究自然哲学的秘密来到这里,跟着司梯芬斯(Henrik Steffens)也来了。阿尔林(Achim V. Arnim)则作短期的逗留,台克也来居此处。洛伐里斯和布仑达洛(Klemens Brentano)也常访维也纳,更加上女诗人莎菲·麦洛娥(后为布仑达洛夫人)、物理学家李特尔诸人,故这一派的气势颇为旺盛。《雅典那母》自然受到许多反驳,成了攻击和讥刺的对象,就中柯兹耶布的论调最为激烈,但浪漫主义的运动因为有小徐的斗争的气魄与大徐的集中的手腕,建设的努力,它在文坛上的地位渐能保持。大徐于1801—1803年间在柏林所讲的"美学及美术论",对于浪漫主义的贡献甚大。小徐因与徐勒尔对抗,于1800—1803年间曾创刊《欧罗巴》杂志。《雅典那母》大半用力于哲学理论的研究,《欧罗巴》则着重中世纪的赞美。

然而不久间,浪漫派的人物就四散分离了。除了瓦肯洛德殁于1799年,洛伐里斯殁于1801年不计外,台克于1801年赴杜勒斯登,小徐于1802年移居巴黎,更于1804年应波色勒耶(Bosserée)之召移住格约龙。四年之后,他和他的妻子改宗加特力教。宗教方面的代表者修赖耶尔马许尔于1804年任哈尔勒大学的教授。大徐和他的妻子加洛林于1803年离婚,加洛林变做了谢林的夫人,她和谢林移住温尔堡。大徐就任修台尔夫人的家庭教师，有旅行世界之举。浪漫派至此时全失掉了中心，但同时他们的信条得了到处传播的便利。例如在柏林地方，除了李芬夫人等外，有钦仰大徐的讲演和台克的诗作的一批青年作家，他们有机关杂志《绿色年鉴》，由斜米梭与巴龙哈肯二人编印。后来有霍夫曼（Hoffmann），又有建立"星期三会"的许兹予、康德莎、柯勒夫、法格耶等人加入。浪漫派女性中最有诗才的见德那也属于这一团。在杜勒斯登地方，除了缪勒尔夫人、金特、廖耶奔伯爵等人之外，这派的名人台克也移住此地，大约是做了皇家剧场的监督来此作新人物的瞻仰的目标吧。画家龙格和费里德利希也居于此乡。在格约龙有波色勒耶兄弟二人高唱德国中世纪美术的"美"。在切兵肯有乌南特与格尔勒尔兴起；在海登堡有郭约勒斯、阿尔林、布仑达洛、爱幸德尔夫等人，他们有机关杂志，名为《隐遁者》，他们做了许多有意义的工作，同时使格林兄弟在言语学上的研究和童话传说的检讨有了机会；在庙行有巴德尔、谢林、欧肯；在威因除有小徐移住之外，有查斜利亚斯·凡尔勒尔一类的作家来往。前期浪漫主义以倾向批评论战为主，反之，后期的浪漫主义作家多从实际的作品以表现他们的信仰。前期多为北部德意志人，后期则为南部德意志人。一是在根本上是理智的人；一是空想的人，而以心情为重，这就是前后两期不同的原因。

以上不过略论浪漫派在德国文坛的外面生活。在现今被人尊崇为浪漫派鬼才的克莱斯特（Heinrich V. Kleist）在当时全然不遇，他的诗歌不为世人所知，这都是奇怪的事。他的杰作《何堡尔公子》，在他死后,始由台克替他送到世上。

二

上述的浪漫派的诗歌有怎样的特质?各作家与批评家的性格是如何?受了当时的运动的影响,抒情诗、戏曲、小说等形式如何变化?因有他人对这些问题加以个别的分述,我在这里不必重复,所以我只将浪漫主义的原理(即前述的梗概的内面),在这里说一个大概。

先要说明的就是浪漫主义是一种以各种形式规定人间的思想感情的精神运动,又是"灵魂的态度"的显著的表现。它和普通称为"希腊思想"的现实的倾向,以一时的偶然的原故而不否定排斥"现象界"的思想,互相对峙。它在我们的感觉中建设 Idea 的世界,它的来源是来自以 Idea 的世界为本质世界的伯拉图。后来由布洛德伊洛思继承而使之发达,流入日耳曼民族与基督教结合,到了中世纪的德国神秘主义,便达到最高的顶点。布洛德伊洛思虽然将古代人的"世界象"使之精神化,但他不能与同一方向的初期基督教的氛围气亲近。中世纪的神学家不能与新伯拉图派的哲学完全一致,然在与南欧人迥异的常受自然的压迫的日耳曼民族则欢迎建设精神世界的新伯拉图派哲学,同时对于混入此种哲学的基督教,好像是令他们的信仰复活似的,他们能够接受。此种精神化的世界观,在意大利的文艺复兴期也能够得见,就是乔尔达阿洛·普鲁洛的自然哲学。至于德人雅各·标耶麦的见解和三十年战争所产生的敬虔主义,也是同一精神的表现。将新伯拉图派的思想加入敬虔主义所培养的宗教感情的人就是"北方的魔术家"汉曼(J. G. Hamann),青年歌德就是受了他的学生赫德尔(J. G. Herder)的影响而引起"狂风暴雨时代"(Sturm und Drang)的波涛的人物,这是大家知道的。"狂风暴雨时代"暂时被德国古典派中断以后,浪漫主义运动就是它的继续。

但在第一节里面说过,浪漫主义的提倡者徐勒格尔兄弟曾尊徐勒尔(Schiller)为师表,并且始终敬仰歌德,因此我们可以明白浪漫主义不仅有受教于古典派之处,甚至他们是从古典派出发的。所以浪漫派的转换不是急剧的而是缓缓进行的,这事有《雅典那母》杂志中的论文与徐勒格尔的尺牍足以证明。浪漫主义的特征,就是艺术的构成的弛缓——即对于形式的均齐、明了的轮廓、清晰的区划的要求均属细微,这与歌德、徐勒尔将古典的形式意志加于德国文艺基础之上的德国古典主义相反。浪漫主义虽与"狂风暴雨时代"有共通之点,但若不更进一步以区分二者的差别,就不能说是真能明了浪漫主义的意义。当1770年代德国文学发生革命时,大家以轻蔑"理性"自夸。汉曼是一个受英国哲学家休谟的影响的怀疑家,他和苏格拉底同样,也是相信"我等无所知"的一人。赫德尔(Herder)也终其身主张"理性"是不足信赖的。高叫"一切唯有感情"的青年歌德自然也是这一伙。但在浪漫派的指导者徐勒格尔兄弟和徐勒尔(Schiller),他们对于"永远无限者"的猛进,却以为是理性的命令,这是从康德那里学来的。小徐在1793年时已经知道"自觉的理性人"与"不自觉的理性人"的差别。其实正如利卡尔达·孚夫所说,明晰的意识自觉与用理性来破坏人类的不知,此种强烈的要求,就是初期浪漫主义的标识。至于由内面的关联以窥察人间经验的全体,在共通性中以求一切现象,于变化的现象中认识统一,此种形而上学的要求,在"狂风暴雨时代"的作家和浪漫派作家虽然相似,可是知道此种要求是理性的产物的人乃是浪漫派的作家。因此之故,他们不能仅以感情为满足。他们分析神秘,顺从思索的本能。与其受强烈的感情与忘我的感激所束缚,不如将感情加以解剖说明,这就是浪漫主义者。感激与感情虽不免因此薄弱,可是精神生活却因以增进,如洛伐里斯的小说《海因利希·芳·奥弗德尔邓肯》就是一个好例。又如修赖耶尔马许尔,他对于宗教的本质,是将感情加以概念的分析说明,而不以悟性为满足的,这也是一个好例。

在一方面要求理性,一方面又不舍弃感情与本能的命令,是由浪漫主义的一大原理——对于"全面性"的要求而来的。浪漫生活的究极的目标,就是并不偏于一面,展开人性的各方面,造成统一调和的人格,他们的内面的生活与自然的运行相同,有完全的确实性。然而浪漫派作家所有的哲学的知识,又使他们知道完全达到此种目标是不可能的。小徐就尝明白地说,精神的调和不过是一个理想。欲将近代生活中的无数的矛盾,用完全的意识使它成为内面的调和,终非一个人所能做得到的。但所谓调和者,总不外是使对立的东西结合一致的意思。因为要近于此种理想,只消从一个对立移至其他一个对立而能够再还原就成了。这是浪漫派的人所相信的。由一极端跃至他一极端以防备偏狭或倾于一面,此种思想,就是使浪漫派的内外生活不能安定坚实,动摇变化的原因,又是古典派和他们区别的目标。总之,浪漫派犹如海神布洛妥思一样,欲以变化纵横以征服多样的矛盾,在其背后乃伏着认世界为一大综合体的要求,这是确实的。这个地方虽然和德国的古典主义有关联,同时也有脱离系统的束缚以尝人生最神秘的妙谛的要求介在其间。这在洛伐里斯最表现得清楚。

　　一面肯定矛盾,承认变化;一面仍有要求综合统一之心,因此非有灵魂的完全运动与自由不行。换言之,就是无论何时非有随物俯仰以变化自己的灵魂的力量不可。并且因为要使此种变化运动自由自在,就得有一种将自己任意抬高到自己以上的意识。所谓 Romantic Ivory 的根底其实就在这种意识之上,所以哲学家费希特的"知的观念论"能应用于诗歌本质的规定。就是说,诗人超越创作的本人,用冷静的 Ivory 眼光来看他本人的作品。在实际的或理想的注意中解放出来表现出来的诗歌和表现诗歌的人,其间是有诗的反省的。在一方面承认自己为有限所束缚故决不能取尽无限,所以创作出来的艺术形式也不能充分拥抱无限;在别一方面却努力用精神的力量以超越上述的弱点。知道有限的自己难于取尽无限,在费希特一派说来,就是"自我"成为"非我的主体"最后的手段。"自己的有限""力不能及的自觉"与"不能消灭的走向"、"自我"的形而上学的要求,三者相结合便发生了浪漫的讥刺(Ivory)。在这意味上,初期浪漫主义文艺的中枢可说就在于浪漫的讥刺。如李卡尔达·孚夫女士在她的名著《德意志浪漫派》之中所述,只有此种讥刺是使他们的文学超越地上,带着"无限"的一种要素。所以他们的艺术结局是甘于"无形式"的东西,其原因也在于此。

以讥刺(Ivory)为浪漫文学中心的思想,引出了"取用先验的材料的先验的文学"并产生了"文学的文学"的成语。所谓"文学的文学",就是观察作家的创作状态而以之作为对象,用以破坏诗歌的幻想,使读者得到广泛的天地。别一解释就是作出真实的诗歌的文学之意。

修赖耶尔马许尔的宗教观与谢林的哲学展开以后,在浪漫主义众人之间所唤起的注意就是宇宙万象与人间自我的有机的结合。现无叙述其经过与内容的余裕,作者认为憾事。但如谢林,他不仅以艺术为现象中的"我"的完全表现与哲学的最高机关,且以宇宙为最完全的有机体,为最完全的艺术品,为诗。由此信念出发,则诗的精神充溢世界各处,要做一个诗人不必需要特殊的技能与训练,只消浸透宇宙精神,将它把握着就行了。因此之故,韵语的法则与散文的缀法在他们不特没有用,甚至"自然诗"、"制作诗"(译者按:此为自然诗之反对用语)、文学、哲学、评论、创作(译者按:此语指小说而言)本来全为同一的活动,不应受任何特殊规定的束缚。浪漫主义文学的样式之不统一,其原因就在于此。并且他们把莎士比亚(Shakespeare)、塞凡底斯(Cervantes)以及其他外国的文学移植进来,还有波斯、印度、东洋的,以及一向埋没的中世的传说民谣、故事等,他们都令它复活,这和他们的信念是有关联的。

浪漫主义除了要求"全面的"事物,对于无限者发生憧憬,希冀宇宙万物合一而外,又是自我的,天才的人间的"自我颂赞"。这自然是受了费希特哲学的培养之故,但诗人的本意因此消散,文学也失了秩序与整齐。

说明浪漫主义的精神,如果不明了他们何故要热衷于中世纪的礼赞,何故后来隐身于加特力教的人独多,则未能称为妥当,不过本文限于篇幅,未能详说。要之,他们之所以憬慕中世纪,就是因为他们的"精神倾向"对于古代没有同情,以及他们对于过去的古典时代的反感。并且他们所赞颂的中世纪决没有带着历史的真实性,宁可说是他们的理想境。他们之中多数变作加特力教徒,就是因为那些高唱"动摇""飞跃""灵魂自由"的人到了最后不得不求形式与安静,而露出了柔弱的人性。浪漫主义的思想虽然伟大无涯,然作品多为未完成之作,或者止于童话牧歌似的梦幻的小品,就这几点考虑起来,便不难得到浪漫派的特征。

三

德国的浪漫主义在德国文学的发达上有怎样的功绩呢?文学史家弗德烈·库姆麦尔有一个要言不繁的解答,现揭录于下。

1. 征服启蒙文学的似是而非的诗文;

2. 打破不用希腊人作模范,而成就即不能伟大的古典主义的偏见;

3. 将古典派不大取用的滑稽用于文学作品之中;(约翰·保尔)

4. 使外玛尔(地名)的诗人们所未顾及的可怜的人也浴文学的光辉;

5. 以宗教的色彩加于诗歌；

6. 以中世纪为文学的对象；

7. 除开徐勒尔（Schiller）之外，为德国古典派所常无的历史知识也用之于文学；

8. 外国文学的移植。

除此而外，我还可以加上一项，就是——

9. 民谣的搜集，由此散播国民的醒觉的种子。

将这结果带来的，他们的思想的根据，在本文中有已说明者，也有未及说明者，现在只好割爱了。

参考书目

Rud, Haym: *Die romantische Schule.*

Ricards Huch: *Die Romantik II.*

Cskar Walger: *Deutsche Romantik II.*

Fritz Strich: *Deutsche Klassik und Romantik.*

Julius Peterson: *Die Wesensbestimmung der deutsche Romantik.*

G. Brandes:《19世纪文学主潮中"德意志浪漫派"》。（吹田顺助 译）

（茅野萧萧 作）

第三章　现实主义与自然主义文学

第一节　英吉利的现实主义文学

一

如果文艺是取材于自然与人生的,则一切文艺该是现实的吧。研究与古典主义、浪漫主义对立的现实主义,在严重的意味上,是没有理由的。就英国的文艺讲,尤其是如此。英国的文学家,预先定下自己的派别而从事创作的人并不多,即使有此种作家,他们的作品,多与作者的自觉的主张不一致。批评家和文学史家,制就各种范畴,将具象的艺术品嵌进那些范畴之中,这事虽然有趣,但从另一方面看,不能不说是绝大错误的根源。因为他们将使初学的人以为此种作品是古典的,所以不是浪漫的,那种作品是现实的,所以既非浪漫的也非古典的。诗歌在英国就大体上说,古典主义与浪漫主义虽然互相替换，或者混合，或者并行，但在其间却有现实的要素。我们不能说因为它是古典的，所以多现实的要素，也不能说因为它是浪漫的，所以少现实的要素。坡伯（Pope）的诗，其中有讴歌自然者，他的诗风当然是从古典主义来的，可是因为缺乏对于自然的敏感，所以缺乏现实的要素。但威士威斯（Wordsworth）的自然诗，现实的要素就很丰富。如果问它是古典的抑是浪漫的，那就先要说它是浪漫的吧。标榜写实主义而使和浪漫主义对抗，则写实主义是不离现实的，一反浪漫主义之逃避现实，普通都是这样解释，但如莎士比亚剧就不能因它是"浪漫的"的理由而称它为"非现实的"呀。称莎士比亚剧为浪漫的，不外是它之形式、修辞、热情和从前的希腊古典剧或同一时代的蒋生（Ben Jonson）剧的形式、修辞、热情不同之故。蒋生的喜剧，是现实的喜剧，形式是古典的，内容是现实的。然而把现实作为现实观察，就是希腊的精神，因为希腊精神即古典主义的精神，所以古典主义就是现实主义。奥斯登（Jane Austen）的小说，是现实的小说中的真纯，所以同时又握住古典主义的神髓，穆尔（George Moore）就是作如此批评。在18世纪末描写田园真相的诗人克拉伯（Crabbe），因为他的诗歌的形式是模仿坡伯的，所以是古典主义，然而内容则是现实主义。并且此种对于田园的现实主义的态度，因为是那时代的浪漫主义的气运的一面，故能把它包括在广义的浪漫主义之中。总之，在英国，如果我们以为由古典主义变作浪漫主义，由浪漫主义变作现实主义，后来又由现实［主义］变作象征主义，就是绝大的错误。

但是特意将现实的要素丰富的文艺取了出来，加上一个现实主义文学的名号,不得不说是便宜行事。让我们站在此种便宜行事的、实际主义的立场来研究所谓现实主义文学这东西吧。首先要顾到的,就是英国无端在哲学方面或实际生活方面都是极其着急经验的现实的,因此在文艺方面也非极其现实的不可了。英国的思想界,在正统哲学上,以经验为重而厌弃纯理的思索,着重个性与具象,对于宇宙人生的抽象的态度,常抱怀疑之念。这是从中世纪的烦琐哲学(Scholasticism)时代以降的英国的传统思想,称英国思想为物质主义是错误的,应该说是经验主义。但是人间的经验之下,宗教的经验与神秘的经验都包含在内,尤其在富于宗教气氛的英国人的思想之中,我们不可忘记此种超物质的经验也是充分具备的。布克莱(Berkeley)从极端的经验主义认识出发建立唯心的形而上学。又如美利坚的乾姆斯(William James)就是兼有自然科学家的态度与神秘观的态度的人。此种不仅是物质的也不仅是精神的,广大的经验的态度,自然影响于英国的文艺。在古代,有属于神秘的,然而现实的要素颇为显著的兰格南(Langland);在近代则有威士威斯,他有对于自然的敏感,又有直观自然幽奥处的灵的活动的神秘。那位神秘诗人布莱克,谁能说他不是现实诗人呢? 近来被人称颂的女流小说家布龙特(Emily Bronte),就是这种现实主义的小说家。可是不能因为她是现实的,就说她不是浪漫的,她是属于此种性质的人。

在英国,"常识"一事也被注重。常识丰富,是所谓英国绅士必不可缺的一种资格,因此这风气自然影响于文学,造成一种神秘的浪漫的现实主义,迥然不同的现实主义。普通论到英国文艺的人,似乎仅在这一方面去研究。这是合理的,莎士比亚本人就是富有常识的。不过莎士比亚的常识,对于人生,没有广泛地掴着,不能使普通人的道德感情得到刺激,此种态度,就是他的常识的表现。可是我以为不能说这是他的缺点。然而我们对于他所感觉到的,就是他是世俗的。这是莎士比亚一派戏剧,是以"兴味本位"为目的而写的,所以思想的背景,因种种的原故,殊为缺少。这是伊丽莎伯朝时代戏剧的通病。此种世俗的气味最重的人,就是乔叟(Chaucer)。但同时他较之莎士比亚,还算是宽容大度的。说乔叟较之兰格南(Langland)更是"英国的",也可不必。不过从乔叟的读者众多的事实,以及被尊为英国近世诗歌元祖,影响后代文学的事实加以判断,可以说乔叟较之兰格南,他的英国的"代表的诗人"的资格是很老的。此种常识的世俗的态度,遗祸于文艺,造成所谓英国式浅薄的特征。它与近世的"清教"的气氛混合,奖励逃避人生的真实。所以虽名为现实主义的文艺,其实是颇非现实的。它与因袭道德相妥协,是很明显的。至少到最近仍是如此。自然主义不能在英国发达,就是这个原故。自然主义虽为现实主义的一部分,可是它对于当时的现实主义所轻弃的方面,特别注重,以自然科学家的态度观察人生,由此以造成一派。但是英国虽为科学发达的国家,自然主义在英国因为"常识的妥协"之故,终未能完全发达。例如哈代(Thomas Hardy)也不能称他为真实的自然主义吧。因为他的作品并未脱离感伤主义,又如穆尔也是同样的。他的《优伶之妻》(*A Mummer's Wife*)等作品,也许是模仿法兰西自然派的小说,在烦琐的环境描写的部分,虽然是所谓自然的,但在作品中心的气氛,都是感伤的浪漫的东西。美国人乾姆斯(Henry James),是一个使法兰西自然主义与"清教"的洁癖分离的人,但在贯彻自然主义之时,他唯恐伤害自家的"清教"的感情,只是把琐屑的心理解剖加在人生的皮相之上便以为满足了。

不过此种"皮相的"性质,是英国文艺一般的性质(除开一部分神秘作家),虽然是一种缺点,然而同时它能脱离狭隘的哲学,所以也就是它的长处。自然主义的文艺,因为它的背景——自然科学的人生观之故,它能够深刻,但这又是使它偏狭的原因。英国式的文艺,尤其是所谓现实主义的小说,因为英国人厌恶讲求理论,所以显然缺少思想的背景,不过从另一方面看,它将人生社会的诸相,活鲜鲜地描写出来,虽然是皮相的,然而是具象的,就不能说它缺少思想。就这一点说,乔治·耶略特女士(George Eliot)的小说,其中缺少田园的牧歌的描写,令人不感兴趣,就是因她不能够脱离英国式的平凡,而过于着重思想的背景之故吧。哈代的小说亦复如是。他的发抒哲学的地方,即从一种运命观而来的厌世哲学,是借用作品中的情节结构来支持的,但在今日,却成为欣赏的障碍。反之,他的作品中写到乡村的朴素的人物的生活与对话的地方,就是使人感到那些常是新鲜的。这点才应该称为哈代的特色吧。我以为英国的小说中,也许只有从前的轻松有趣的故事和元气旺盛的幽默杂然并列的小说才富有价值吧。

"幽默"(Humour)一字,已故的森鸥外博士译为"有情的滑稽",意义与普通的"机智的滑稽"的冷淡有别,是一种有温暖意味的滑稽。

所谓"有情滑稽"的人物，就是我们觉得对他有轻淡的轻蔑又有深厚的同情的人物。轻淡的轻蔑是从此种人物不与社会一般的习惯或因袭的感情一致的"非常识"而来的，深厚的同情是因为此种人物的心中潜藏着的纯真而发生的。此种人物自从18世纪初期的散文大家爱迪生（Addison）用小品文表现柯勿莱（Sir Roger de Coverley）以后，他们就和英国文学——尤其是现实主义的小说有了不能分离的关系。爱迪生描写这一位人物的散文（Essay）称为小说固无不可，尤应视为一种小说的"创作"。近世的小说不单是讲故事，同时又是性格描写，便可视为此种散文的"性格素描"与德孚（Defoe）一流以"情节为主的故事"二者混淆而成的。幽默的性格为菲尔丁（Fielding）与哥尔德斯密（Goldsmith）等18世纪的小说家所常描写，以至于后来19世纪的小说家迭更斯（Dickens）。因此之故，在18世纪与19世纪这两世纪之中，英国的小说家之中，以现实主义的小说家占多数，同时被人视为滑稽作家，这确是事实。这等于说，现实主义者（Realist）就是幽默家（Humorist）。此种事实，虽然使英国近世的小说有深厚的人间气味，但从另一方面看，似乎他们是借滑稽趣味来掩蔽人生苦痛的，在外国的读者容易责难他们取材于现实是并不出于真诚的。幽默是潜有感伤的，因此幽默家就是借感伤以规避现实的凝视的人了。对于"有趣的个性"的兴味，就是此种"有情滑稽"（幽默）的根柢，可是我们知道这是从英国人的个人主义而来的。

二

英国思想视具体较之抽象为重，视个别的自由较之全体的统一为有价值，与此并行，英国人的道德，或在一般实行的方面，个人的自由，个性的威严颇为注重。他们的所谓个人主义，未必即为利己精神的意味，至少在最高的标准，为拥护各个人的个性，在自由发展之中，以求社会和平，文明进步的一种精神。此种意味的个人主义或个性主义，在文艺上所谓现出来的就是有兴味，有鲜明轮廓的个性的描写。虽往往现出架空的人物，但亦不得不然。

除幽默的情趣之外，英国的现实主义的小说里面，还表现一种男性的精神。此虽由英国人喜冒险、嗜运动的精神而来，但亦为传统文学——即"皮加式"（善用海盗与恶汉为材料的小说的影响所致。伊丽莎伯王朝时代的小说家纳喜（Nash）所作的《甲克·维尔登》（*Jack Wilton*）就是此类小说的始祖，原作为粗劣的冒险故事。此种情趣传于《鲁滨孙飘流记》（*Robinson Crusoe*）的作者迭孚（Defoe），再传之菲尔丁（Fielding），更影响到 19 世纪的施梯芬生（Stevenson）。菲尔丁是一个有力的现实主义者。但是他所擅长的，并非纤细的心理解剖，乃是表露于外的活作之活跃与贯穿全体的生气之横溢。因此他的作品，无论是《约瑟弗·安路特传》，无论是《汤姆·琼斯》（*Tom Jones*），都充满泼剌的元气与勇敢的男性的冒险。就这一点说，菲尔丁是英国现实小说的大成者。19 世纪的现实小说，多少总具备菲尔丁式的性质。英国的现实小说不以李佳孙（Richardson）为模范，而以菲尔丁为模范，不外因李佳孙的细微的心理的解剖，不合普通英国人的趣味之故吧。因为有了此种特色，英国的现实主义小说，无论如何，多含大众文学的要素。

英国在过去对于"诗"与"散文"（Essay）虽视为正经，但对于小说则视为女人小孩的玩物，作者本人也存着此种心理写作。著作时能发挥艺术的良心的，不过开始于比较的近代的小说。因此小说为大众文学，乃是当然的了。例如节情有趣，结果团圆（Happy ending），不与普通的道德冲突，对于这几点，不惜多加注意，就是向来英国现实小说作家的习惯。现代作家哈代（Hardy）理应是脱离此种旧式小说弊病的人，可是他仍旧不忘记使小说的情节有趣。他不曾充分地脱离"大众的"文学的传统。

注重结构，为西洋小说"古已有之"风习，在英国，菲尔丁便制造此种模型。有的批评家对于将结构精巧编排，而将其中事实取舍选择，舍弃琐屑的材料的方法，称之为"知的现实主义"。此"知的现实主义"，直到19世纪末叶，尚成为英国小说的传统的形式。反之，批评家视施透（Sterne）的方法为"印象主义"。此种"印象主义"破坏"知的现实主义"，也就是英国小说的异端。此种异端最近仍出现于英国的小说界，不能不说是有趣的现象。

英国人实际上道德的高低乃是另一问题。总之，他们是爱好"道德的"的国民。这是从清教主义发生以来，特别显著的事实。清教主义为英国中产阶级的宗教，而近代的英国是受中产阶级的支配的，因此在思想感情上，清教主义就成了中心。清教主义对于英国文学的影响甚为重大。以密尔顿（Milton）时代为一区划，其前后时代的文学，大不相同，考其原因，就是清教主义的原故。那时的文学，没有伊丽莎伯时代文艺的灿烂天真，过于"自意识的"，而为偏狭的道德观念所束缚,虽有其他的各种原因,但须首推清教主义的影响。可是 17 世纪以后的文艺,如诗、剧、小说等,与其说它是"道德的"(严重地说,是道德的),不如说它是"肉感的",这也不能不说是清教主义的佳良的影响。不过,因此之故,近世的英文学,的确带有一种伪善的空气。

因为清教主义的原故,伊丽莎伯时代的奔放的自由恋爱的精神,在近世的英文学里面不能得见了。自由恋爱的精神,为文学的传统,是从希腊、罗马的异教文艺传来的,助长此种精神的,就是伊丽莎伯朝代的无行的宫廷风气。小诗人所作的轻靡而不端庄的恋爱游戏诗歌自不用说,例如莎士比亚(Shakespeare)、马洛(Marlowe)等大文豪的极轻靡的作品,如(*Venus and Adonis*, *Heroand Leader*)诸作,就是自由恋爱精神的最佳的代表,而为有严肃的清教精神的人所痛恨者。据其文学史家之说,指"未结婚之恋爱为罪恶"者,乃是清教徒。从 18 世纪至 19 世纪末,大部分的现实小说,可以说是此种清教精神的应用。但在别一方面,自古以来,中流阶级以上的结婚以财产结婚为普通,因此就用"没有恋爱的结婚乃是罪恶"来反抗。自李佳孙以来的小说里头,对于"没有恋爱的结婚"的抗议,常常表现出来。(文艺对于"未结婚的恋爱"与"无恋爱的结婚"的抗议认为清教主义的影响所致,据作者所知有格利耶生(Grierson)教授所著的《17 世纪英国文学的交流》。)

脱离,或想脱离清教的精神,为 19 世纪末期到现代的英国小说的新倾向。"精神分析学"的应用,风行于今日的英国小说,不外是此种倾向的一种表现。但在英国小说漠视因袭的道德之时,意欲脱离清教精神的态度,很显明地故意表露出来,不失为一种特色。在哈代的《可怜的犹德》(Jude the Obscure)一作里面,已经是明白的事实,缺乏乔叟(Chaucer)所有的极天真的坦白。就此点说来,清教主义的影响不能不说是很根深蒂固了。也许新的小说家以一种良心上的负疚在那里写作吧。

英国的读者,似乎不能把"艺术"和"道德"分开。低价的道德主义是妨害真实的艺术的发展的。因此真正意味的自然主义不能够在英国繁盛起来。但我个人的意思,以为文艺不是科学。科学,在严重的意味上是科学,因此非将对象加以人为的单纯化不可。此种"单纯化"在自然科学比较的可以完全做到,但在人文科学则很困难。反而因为单纯化而使对象成了虚伪的东西。文艺既然不是科学,所以单纯化便成为大错的根源。自然主义文艺的缺点就在于此。英国的一般现实主义的文艺,视"道德""宗教"与"一切人事现象"相同,照原样取用,不借何等假定或何等哲学来说明,这宁是它的长处,不过,用一定的狭隘的道德观来歪曲现实,确不免有弊害随之。如果清教主义不能根本动摇,则英国文艺就不能自因袭的道德真正解放。就是说,现实主义的文艺不能够成为正确意味的现实主义。

参考书目

Ernest A. Baker: *The History of the English Novel.* (Vol IV)

(Intellectual Realism: *from Richardson to Sterne.*)

Louis Cazamian: *A History of English Literatuve.* (1660—1914)

(太田善男　原作)

第二节　法兰西的现实主义与自然主义文学

一、当时的法兰西

马克斯的学说是德国的哲学、英国的经济学以及法国的社会主义之综合的发展,从那里汲取它的源泉。德国有费尔巴哈、黑格尔,英国有它的产业革命,同样,从18世纪转入19世纪的法兰西,也受过了几次社会革命的洗礼。

当时的法兰西,是一个革命频发的国家。勃发于18世纪末(1789年)的法兰西大革命,已郁积于中世纪,破坏了现无伸张之余地的封建制度,使新兴布尔乔亚阶级扮成新社会的主人公而登场。不久从那里产生了英雄拿破仑。拿破仑与其他欧罗巴各国间的军事的及欺瞒的外交,现在更不用提起了。

这样,事实上当时的欧罗巴是以法兰西大革命为中心,开始了从中世到现代来的大转向。伴着拿破仑的完全没落(滑铁卢战败),布尔奔王朝复活了,查理第十即了王位。他们继续到了1830年,由于同年的7月革命,阿里安家的路易·菲力甫代替了王位。从那时到1848年的法兰西,尤其充满了骚扰、不安与转变。关于这点,维克多·雨果在他的大作《悲惨世界》里这样地写着:

  1830年的政府,已经陷入困难的生活里去了。昨天才出世的,今天就已经不能不去奋斗了。好容易才站稳了脚步的政府,已经在四面八方感到推倒刚刚建立起来还没有坚固的七月(七月革命)机关之漠然的推翻运动了……跟着时间的进展,敌对扩大了,只有点儿影子的事也渐渐表现出形来了。

伴着1848年的到来,二月革命突然爆发了。巴黎的一部分布尔乔亚和小布尔乔亚阶级,把劳动者召集到防寨上去,把军队逐出了巴黎,建立了临时政府。从2月24日到1851年止,说"我是劳动者之友"的拿破仑三世,宣布了果断政略,在未做皇帝之前,实行第二共和政治。

如上所述,达到了数次或数十次的革命——主要的是市街战,防守防寨的法兰西民众,不消说只是下层阶级——平民和近于下层阶级的人们。这些无数流血的惨事,这样地反覆着王政、布尔乔亚共和政治、帝政,而不久制度之矛盾终不能不表现于社会的表面了。从建立了拿破仑三世的第二帝政(Second Empire,1850—1870)起,法兰西开始了社会运动的实行。

结下来的果实,是巴黎公盟(la Commune de Paris,1871)。但是,尚未有独自支持政府的力量,而短命地终结了。出现于其次的第三共和(La Troisième République)就是一直继续到现在的法兰西国家。

法兰西的社会,不到一世纪之间,重叠地转变着。民众也重叠着深刻的不安与懊恼。可是,经过了这些血腥的事件,成长与发展继续地到来了。不消说,像读过了近世史的人谁都知道的一样,就是布尔乔亚的发展。

布尔乔亚,以 18 世纪末的所谓法兰西大革命宣告了他的黎明。此后的许多大小革命,概括说,不外助长了他们的成长罢了。不过是随着他们的利害关系,有时选了王政,有时则选了共和政治罢了。拿破仑三世的第二帝政,被称为布尔乔亚帝政,正是这个缘故。

再,19 世纪,像大家所知道的一样,是科学发达的时代。是机械继续不断地被发明的时代,是工业繁盛起来的时代。布尔乔亚巧妙地利用了这些。这是布尔乔亚导进于其繁荣的途径。从 19 世纪到 20 世纪的初头,他们就确立了他们的霸权了。

在法兰西文艺史上被称为浪漫主义时代的,占了 19 世纪的前半,被称为现实主义;自然主义的时代,却占了它的后半。

二、从浪漫主义到现实主义

从 18 世纪到 19 世纪前半,那极少变动的政治形态,即布尔乔亚借自己的组织去确实地掌握社会霸权的焦躁——这当然反映到文艺上去。胸怀理想,揭出了的正义观、希望、焦躁、憧憬——这些就是浪漫主义(Romantisme)的母胎。

可是,民众所希望于当时的革命,伴着半世纪的过去,已经不只是绝叫的昂奋,梦似的革命了。他们已经厌倦于做梦了。他们已经经过了不知多少次的内乱,巴黎的街路已经不知有多少次涂上了他们父祖的、兄弟的,不,他们自身的血。那么,那是为什么的暴动?那是为着什么的防寨?这不外是造成第二帝政下之一回的安定和建立巴黎公盟。因为只有公盟才是不知被欺骗了几次的,以血肉来拼的下层阶级的革命。同时布尔乔亚的支配权也确立了。

这表现于表面上的两个事实,就是在现实主义上产生了费劳贝尔(Gustave Flaubert)和莫泊桑(Guy de Maupassant)以及左拉(Émile Zola)的理由。

要去改造、整理表现于社会上的这个现实的欲求,厌恶徒然昂奋的心情也反映于文学上。若借弗劳贝尔的话来说,就是厌恶浪漫主义之无限制的想像;不,简直是憎恶。这就是现实主义(Réalisme)。

> 将畸形的,或超人间的,或诗的,或感伤的,或魅惑的,或壮大的人生之幻影给我们的文学上的诸流派之后所起来的,是写实派,即自然派。这是主张以真实,以完全的真实,也只以真实显示我们的文学。(莫泊桑《比尔与琼》的序文)

浪漫主义所带的幻想性、神秘性、架空性、异常性,到了现在,被用科学家的眼光确实地把握,认识现代的文学取而代之了。现实主义者以活鲜鲜的物质世界代替了浪漫主义的观念世界。与观念论的形而上学对立的证实哲学,特别是在法兰西的现实主义,乃是实证主义的自然科学的胜利。浪漫主义者只是活跃于想像之上,现实主义者却在观察与实验中进行。

关于这，像佛理契在他的著作《欧洲文学发达史》里所说的一样，"从浪漫主义到现实主义的推移正和从古典主义到浪漫主义的推移一样，都表示是根据反对的法则进行的"。同时，《法兰西文学史》的著者鲁纳莱尔，这样地述及当时法兰西诗的一个倾向——高蹈派。

> 高蹈派的运动，并未使浪漫主义完全没落，不，简直不能使它没落。它只是避免了浪漫主义的愉快的艺术的丰富。

那么严密地说，法兰西的现实主义由什么人踏了第一步？

法兰西大革命之后，在 1796 年，创造了"意德沃罗基（社会意识）"这个名词。这个和形而上学相对的认识方法，在阿古斯特·孔德的"实证哲学"（Philosophie Positive）上做了自然科学的、社会科学的实证主义的证明。

阿古斯特·孔德（Auguste Comte）的哲学才是现实主义之父。对于从来的观念论的哲学，他说，真理决不是主观的，而是客观的、实证的。像浪漫主义所表现的一样，是"自我之完全绝对的解放"，反之，他的证实哲学，就是脱出自我之外才是认识的根本。这样说来，个人不是真理的标准，也不是美的创始者。

这种证实主义跑进了文学中，成了现实主义文学。换言之，现实主义不外是文学上的证实主义。

那么，在文学作品上，现实主义是由什么人将它体化呢？

据说,斯丹达尔(Standhal)是现实主义的始祖。如和当时浪漫主义的繁盛与情势比较起来,他的作品,令人看去确有写实的倾向,这是事实。诚然,他的作品里的描写,显然是客观的。但在同时,他所客观化的事实(就是在他的心底成为作品的内容的事实),却是一个大大的主观,这也是不容否认的。正如他的杰作《红与黑》所表现出来的一样,其中的人物乃浪漫主义的人物,决不是写实主义者们所认为问题的大小布尔乔亚。就这一点说,也可以显然地看出差别。

其次是巴尔扎克(Honoré de Balzac),他才真是现实主义、自然主义文学的祖宗。

三、现实主义文学

这样,我们过了19世纪的一半,同时也就完全入于现实主义、自然主义的时代了。耸立在这大转变的门口的巨大的存在,是巴尔扎克。

他才是对于浪漫主义的大反动。他以唯物的思想,用临床医生的态度,用那不放过一切的精密的写实的笔致,描出了19世纪前半的布尔乔亚社会。从他起,才开始精密地吟味了斯丹达尔仅仅触了皮毛,而浪漫主义者单以嫌恶的眼看过的那个社会。正确地说,就是那经过了1830年7月革命而渐有强固的形式与内容的布尔乔亚生成期的社会。

金钱——在布尔乔亚经济学中成为中心的经济的社会的事实,它是一个活鲜鲜的存在——巴尔扎克正是用金钱为小说之中心的作家。缠绕在"金钱"中的一切感情,就是巴尔扎克所选择的感情。他不单是描写吝啬与浪费、猜疑与羡望、贮蓄投机这些活的类型,而且是一个从各色各样的现实显示金钱的力量如何地渗透了当时社会里一切微妙的非物质的感情的伟大作家。他代表初期的商业布尔乔亚的完全的社会意识,从商业资本主义推移到金融资本主义的经过,就是他的全部作品的内容。

可是,在他的作品里的一切人物,都是他们的社会、环境、职业等之不同,而各有其特殊生活的现实的人。在这里有现实主义文学者的观察,也有唯物的科学的描写之根本一切的事件都不单是想像,而是以随处都有的事实做底子。他曾说他自己不是在"创作",而是在"记载事实":

> 作成恶德的善行的目录;描写性格,记述社会生活中最主要的事件,我也许是在描写历史家所忘记了的历史以及风俗史吧。

他跨过了初写小说时的创作方法、态度——即社会之一切范围,而描写阶级,不把个人只当个人看,把它当作一个阶级及一个环境里生出来的人描写,这一点,在时代上,成为其后的左拉所采取的态度。而且他所采取的依据科学方法的现实主义,成为19世纪后半的法兰西小说的支配样式。

1856年,由耶德蒙·杜兰第发行,一直继续到翌年的杂志,已经明白地打起了现实主义的名称。不消说,这是对抗浪漫主义的一个运动。

到了1860年代,龚古尔兄弟(Jules Edmond de Goncourt)的共同创作开始了。他们已经这样确信现实主义:

> 现在的小说,应该以那从自然而来的或发现出来的记录作成。像历史家叙述过去的事实一样,小说家应该描述现在的事实。

这样,到了[19世纪]60年代、70年代、80年代,法兰西的现实主义文学不但留下了不劣于浪漫主义那么巨大的文学,而且在小说上达到了支配的地位。

这时候,现实主义在当时的特殊性上,给那称为自然主义(Naturalisme)的文学以确固的理论体系的乃是泰纳(Hypolite Taine)。

他明白地把自己的美学称为"实验美学"。这就是把人间精神的种种表现,不但是从它的现象中抽象出来,而且由种族、环境、时代这三个大要素来决定他的实验美学。他的"唯一的义务"是"说明事实,指示出那些事实是怎样发生的"。

不消说,实践那自然主义的理论的,是以下所述的诸作家。虽然在理论上以最大胆、最明确的形式来述说自然主义的是左拉,但我们不能忘记泰纳在他所著的《艺术哲学》里所显示的自然主义理论的方法。

四、自然主义诸作家

弗劳贝尔(Gustave Flaubert)可以说是一半属于浪漫主义,一半属于自然主义的作家。但是,从他对于自然的态度、创作的根本态度看来,却不能不承认他已经是一个明显的自然主义者了。关于这一点,莫泊桑(Guy de Maupassant)在《比尔与琼》的序文上也曾说过。

弗劳贝尔教他的弟子莫泊桑的态度,始终是注意自然及观察的训练。听说他叫莫泊桑到郊外去散步,使他精细地观察一株一株的树,各各带着怎样不同的个性,归来之后,就叫他把它写成百行的文章。他贯彻这种态度。所以他在艺术上的态度,对于自然是完全"非人情"的、"埋没个性"的。绝对服从于对象,是他创作的第一个步骤。

现在我们应该提起和弗劳贝尔相关联,从来的一切批评家都认定"他才是最忠实的现实主义者"的莫泊桑。

莫泊桑从弗劳贝尔那里所受的教育,是上述的观察方法。而且这决定了莫泊桑全生涯的艺术态度。同时不可忽略的是他在近代的世界文学史上留下了完成的短篇这个功绩。从老师弗劳贝尔受了"在这个世界里,没有完全相同的两粒砂,两匹蝇,两只手,两个鼻子的真理",受了所谓"才能是精力"的教育的莫泊桑,在观察自然的这一点上,无疑地是完全的自然主义者。

当作一种态度的这种对于自然的打算,并未表示从左拉和巴尔扎克那里所能看到的一定的方向乃至意义。关于这一点,他曾说:

现实主义者,假如他是艺术家,那么他将不使人看见人生的平凡的照像,而努力将比较现实自身更完全,更迫真,更确实的幻影示人罢。

从这段话以及可为这段话的佐证的他的作品(有时是神秘的)看来,我们就可以知道他的倾向是一种自由的艺术至上主义的立场。他不能直接专心地向着现代社会看,这事对于他的取材方面也有很大的关系。他不是当时的布尔乔亚社会的布尔乔亚乃至小布尔乔亚作家,可是,他充分地带着诺尔曼第出身的作家常有的一种贵族的农民意识。即不是从环境、社会来看个人的实证的认识方法,而不过是从那把个人当作个人的现象来观察的方法。这种观察方法上,岂不是写实的吗?

当时的布尔乔亚,在第二帝政以后已经入于完全的隆盛期,开始掌握社会的一切实权。而且为了他们的隆盛,利用了一切的机械,手工业者就渐渐被平民阶级和布尔乔亚所并吞了。

莫泊桑的小说忘记了这些事实。从这样的意味上,他自己说不是真理的奴隶,这是他的一个特长。就是可以说他是一个自然主义的自由主义者。

和莫泊桑同样,还可以举出生于南国的纯情作家都德(Alphonse Daudet)。都德之现实主义文学者的态度,也不过是尽力于将耳新闻目所见的东西忠实地表现于其作品之中。他的态度常是锻炼自己的感情,埋没个性地抑制感动,把事实当作事实来描写。

不消说，莫泊桑也好，都德也好，都是完全和浪漫主义那样的夸张性、异常性的完全不同的。如果只从其样式上去判断浪漫主义和自然主义的时候，可以说他是完全的现实主义作家。但是，只从其时代性上去判别浪漫主义和自然主义，因而站在将其重点置于当时的阶级关系上的推移进展的唯物史观的立场上，则不能不说他是自然主义的自由主义者。我们，以及从来的批评家把左拉看做法兰西自然主义的统率者，可以说在这里有他的重大原因。

此外，还可以举出来的属于自然主义的作家有犹丝曼，和莫泊桑同时发表了《玛旦之夜的故事》，开始从自然主义的立场出发，但到了中途就转变到象征主义的世界去，更埋头于灵的问题，说他是完全的自然主义者，倒有点儿勉强。

还有上面提到过的龚古尔兄弟，以人生的探访家自居，在他的小说里实现"人生记录"的努力，可以说完全是自然主义者的态度。在他们兄弟的"人生之记录"里，可以看出跟浪漫主义不同，以及他们把人生的异常性还原到普遍性去的态度。

现在，我们就来谈左拉吧。

像雨果在浪漫主义上一样，爱弥尔·左拉（Émile Zola）在自然主义里是中心人物，也是主宰者。这是差不多一切的批评家都已经承认的了。可是，这也许是大家在左拉的全作品中，在法兰西一般自然主义者之中，不能发现多数杰作之故吧。关于这一点，人们大概首先会想起弗劳贝尔和莫泊桑吧。不过左拉的有力而庞大的作品的堆积，也是存在的。但最大的理由还是左拉的方法是19世纪法兰西自然主义之最特异的,也是最彻底的方法。左拉比以上所述的许多只见现实而不见空想的现实主义者,可以说是百尺竿头更进一步了。他对于人间的生活曾说:"我不只看见一个欲望。如果有一个精力饱满的男人和一个对于生活毫不厌倦的女人,放在面前,我在他们之中探求兽性,而且仅仅看见兽性罢了。"

他的有名的《实验小说论》(Roman experimental),从克罗特·倍尔那尔的《实验医学研究序论》里得到暗示,从那里得了指引,这已经是有名的事实了。将现实主义仅用于和浪漫主义对照的观察方法,就非左拉所采取的态度。他使一个真理,至少使那探求真理的第一义的方法与态度,确立在他的文学作品的著作中。在他,是在从来的观察之上加上了实验的。他说:"我的目的首在于科学。……医生解剖尸体是我所做的事。"

从前浪漫主义所用的"人生的特异",以及弗劳贝尔、莫泊桑等所摒弃的"异常的事故",还有社会里的"特殊境遇"与"特殊个人",到了此刻,又重新被取用了。可是这不能够说是浪漫主义的再生,因为浪漫主义从想像与幻影之中引出来的东西,在左拉就把它从科学之中引导出来。左拉的题材所具的特异性是意味着:把弗劳贝尔、莫泊桑的微妙的感情所不能捕捉的丑恶事件也用自然科学者的 Pincette(小钳)似的无感觉摄收进来了。这可以说是浪漫主义的反动。因为浪漫主义所认为伟大的英雄,左拉却不过把他当作一个野心家罢了。而且在浪漫主义者描写英雄佳人之余,稍稍触到的大小布尔乔亚及下层阶级,左拉却用最大的精力去描写。

可是，表面上使人想起巴尔扎克那样的笔致和作品，因为社会史之决然的相异，他（左拉）和"人间喜剧"的作者之间的差异是值得我们注意的。

左拉最注意写成的《罗贡马加尔丛书》，是带着"第二帝政治下一家族之自然的及社会的历史"这个计划的。这个主题的"第二帝政"，像前面已经提及的一样，可以称为布尔乔亚帝政。

法兰西的布尔乔亚已经在都市、农村、矿坑里运转着巨大资本的力量，振起了压倒一切的威力了。机械已经显示出与19世纪前半无可比拟的发达，家庭工业渐渐吞并于大工场。工人在国内占了大多数，渐趋团结。以卡尔·马克斯为盟主的"国际"，已经创立起来，在法兰西也设立了它的支部。这样，社会主义，使劳动者团结的日子已经到来了。

在当时的法兰西，除了马克斯一派的科学社会主义之外，还有圣西门、傅利叶之流被称为空想社会主义者，普鲁东之流，布郎基一派的布郎基主义等杂多的种类。然而，无论如何，近代平民的势力，已经团结成了一个阶级，这是一个不能否认的事实。

在这样的情形之下，左拉所见的现实，不消说是和巴尔扎克当时的从商业资本主义到金融资本主义的过渡期的社会是不同的。

当然，左拉的《罗贡马加尔丛书》，是随处都有着这种意义的特长。他首先把这一批作品用上述自然科学者的态度，就是根据遗传的法则组成。同时构成每种作品的东西，就是从完成的近代资本主义机构的社会的每个地方所取来的。从内阁，从议会，从军队，从矿坑，从巴黎的市场，从农村，从医学，从艺术家的生活，从剧场，从宗教一直到百货店，他捉住了一切的社会现象。现在每逢法兰西发生了新写实主义运动时,必然要发生一次左拉重新估价的问题,就是这个原因。

最后,最重要的一点是当暴露近代国家的种种相时,左拉是以怎样的立场为自己的立场呢。他可以说是社会正义之士。可以说他的立场也止于此。当有名的德莱非斯事件发生时,他和爱国主义者对抗,受了全国人民的憎恶,甚至于受了法律的刑罚,然而他要和军国主义的专制政治争斗。他满身的憎怒都是向着布尔乔亚政治家,恶辣的榨取者——布尔乔亚的。可是,这毕竟不过是一片的正义罢了。他说:"资本主义如果这样下去,不免导法兰西于灭亡,如要改良社会必须要从家族改良起。"这话可以看出左拉的真相。关于这点,佛理契这样说:"事物、自然、人间——这些在左拉渐渐转化为'观念'的具体和象征。"

法兰西的布尔乔亚及小布尔乔亚的现实主义、自然主义,到了左拉已经达到了最盛期,1880年以后,便走上衰落之途了。

五、结语

以上主要的是叙述小说中的自然主义,拉维氏曾说:"对浪漫主义的反动,以他的全力所能到达的只是散文。在一切的艺术形式中,再没有像这一种类——就是小说那么适应它的形式的了。"

在戏剧上则有爱弥尔·奥其埃(Emile Augier)和小仲马(Alexandre Dumas fils),开始把近代的写实剧带进法兰西的剧场去。可是,不能有小说上所表现出来的那么活泼的动态。

不消说,这也可以说因为他们之中没有像巴尔扎克那么的大艺术家。但是,像拉维所说的,舞台这种形式的作用,是他的根本原因。

从巴尔扎克起到左拉为止的法兰西现实主义运动,是对于浪漫主义的反动,而且把新的近代文学样式传给次代的文学。无论谁人在怎样的"文学的自由"上,也不能再写出像跳梁于19世纪前半的魁伟的空想了。所以,代替了这个的就是现实开始表现在大家的眼前了。人们可以开始注视它了。而且自然主义的运动是用从来的文学史的任何一页都没有写着的特殊的事实为背景的。这在初期是封建制度之后所勃兴起来的布尔乔亚的势力,在后期却是布尔乔亚走向完全的姿态和唯一的革命阶级平民的勃起。从巴尔扎克到左拉的时代,正当着如此的历史的一大转向期。而且这个社会之发展的动摇的姿态,才是给巴尔扎克与左拉写出那么庞大的作品集的活力的最大理由。

同时,不能不注意的是以这现实的认识为必要,把精密科学当作手段来使用的,实是布尔乔亚。和前面说过了的一样,当时的布尔乔亚是走向了伸展、隆盛的道路,是还没有疲乏的阶级。它没有走进了衰落期,也不是面对现实就恐怖的阶级。

反映当时布尔乔亚的必要,因而就是当时之社会的必要的文学,虽然在一方面,已经注意到它的不合理与抑压阶级的存在,终于除了布尔乔亚文学之外,不能有所作为。做了划时代的工作的写实主义者们,不能不把新阶级一方面的文学上的劳作,留给20世纪的"时代"了。

(小牧近江 原作)

第三节　德意志的现实主义与自然主义文学

一

古典主义与浪漫主义文艺发达到极顶的时候,时势的变迁便急转直下地展开了。1830年7月,法国发生革命而树立了民主政治的原则。同时,跟着经济界的发达而握有权力的德国的第三阶级的市民勃兴了起来,热望着制定宪法和参与政治。其结果,君主与贵族完全立于防御的地位,以应付第三阶级。第四阶级的劳动者,这时候只不过踌躇地开始抬头。

加之,自1835年起,德国就已经开始敷设铁路了。所以,文学上的倾向与思潮,很迅速地就从一个地方传播到了别一个地方。这样一来,德国文学就成了超越各地方民族性的东西。又,从犹太人解放问题发生以来,犹太人之文坛进出,是很显著的,并且演出了重要的任务。

哲学方面,也由黑格尔派,即对宗教和政治都保守的黑格尔旧派,有左倾的黑格尔新派出现了。这新派的代表,如斯托拉斯(D. F. Strauss)、费尔巴哈(Ludwing Feuerbach)、马克斯(Karl Marx)、恩格斯(Fr. Engels)等,从黑格尔的辩证法出发,渐渐否定了不合理化的既存制度。特别是斯托拉斯的《耶稣传》(Das Leben Jesu)和费尔巴哈的《基督教的本质》(Das Wesen des Christentums),给予了当时的思想界非常大的影响。

从经济方面来看,这时代也是混沌的。手工业与机械工业的斗争,胜利是归于后者了。前者却不过稍试以微弱的反抗。虽然平和的继续是表面的,可是,正好使一般民众持有艺术与科学的兴趣。

为要表现如像这样的自由主义的时代精神所奋起的,是所谓德国青年派(Das Junge Deutschland)诗人。而且巴黎实是他们的 Mecca,如像海涅(Heine)也把德国的现状比做法国,不绝口地把它骂倒。1830 年波兰革命失败后,德国的诗人们对波兰的亡命客抱着同情。德国青年派的诗人中,如奥厄巴哈(Anerbach)、罗贝(Laube)、古兹科(Gutzkow),为扰乱社会的秩序,竟至暂时间地被监禁了。加之,他们之间也起了内讧和势力的争斗,同志门则尔(Menzel)一人为恐自己势力的坠失,竟至要求联邦议会干涉德国青年派的行动。但是,这事件不想反而做成了他们的广告。

此后,1848 年法国再起革命,确立了共和政治的基础。同时,奥大利的首府维也纳也起了革命。瑞士也宣布了共和政治。又,德国于翌年也制定了帝国宪法,实现了彼辈青年们的希望。原来,他们的运动全是时事问题,所以,那问题一经解决,同时也就失去了其存在的意义。

当时的德国文学所受的外国影响,在时代的性质上,颇形重大。其中特别显著的,是世界苦的英国诗人拜伦(Lord Byron)。厌世诗人雷瑙(Lenau),多少持有相似的倾向;可是,在规模之点上,究竟比不上拜伦的伟大。又,在法国的文学中,受修(Sue)的小说和斯克里布

(Scribe)的戏曲的影响，是比雨果的伟大艺术还大。可是，德国青年派是否定了韵文，尊重散文的。而且，这散文是吸收了从来德国所无的法国要素。富于轻妙的机智，全新的样式。他们的作品虽然不是评论，而是文艺的作品，可是持有政治的内容。虽然他们赋予洽合于这内容的形式是未必成功了。他们的作品到今日已经失去了生命，这也是一个原因。

确立德国青年派主义的纲领的，是批评家尹巴尔克（Ludwig Wienbarg）的主要著作《美学的征战》（*Asthetische Foldzüge*, 1834），他把政治的行为改放在代替浪漫主义的月夜美观的自由民主主义的意义上。而且，古典主义的传统是无价值且有障害，遂也把它否定了。对于这运动，担任了主要脚色的贝尔拿（Borne）和门则尔（Menzel），骂哥德为王公的奴隶，而却推赏颜保罗（Jean Paul）。虽然颜保罗的幽默丰富的艺术与他们相距是很远。

贝尔涅（Ludwig Borne）于 1832 年因官宪的压迫逃到巴黎以来，依"巴黎通信"（Briefe aus Paris），而指摘了法国和德国的时代思想的不同。古兹科在倾向小说 *Maha Curn*（1831）和 *Wally, die Zweiblerin*（1835）里，用表面的怀疑态度暴露了宗教与恋爱的真相。他的戏曲，如像赫贝尔（Hebbel）、格拉伯（Grabbe）、蒲西拿（Büchner）一样，不求新剧的表现，只求平凡的观客之兴趣与最大的妥协。而且，缫返着陈腐的契机，拉来了文化史上的伟大人物。例如，在《辫子与宝剑》（*Zopf und Schwerf*, 1844）里，拉进了俳优 Ekhof 去；在《陆军少尉》（*Königsleutnaut*, 1849）里，拉进了歌德去；在 *Das Urbild des Tartüffe*

(1847)里,拉进了莫里哀去;在 Uriel Akosta(1847)里,拉进了少年时代的斯宾诺沙去。这些戏曲,都是依从斯克里布(Scribe)的技巧,指点出作品的中心思想。又,长篇小说《精灵的骑士》(Die Ritter vom Geiste,1850—1852)和《罗马的魔术师》(Zauberer von Rom,1858—1861),是模仿法国的作家修,以并列的描写小说,反对从来的前后连续特色,是在现实生活的问题上求题材;与其说是写实的,毋宁说是浪漫的。阴谋和秘密结社,及浪漫的女性等,都频频地写了出来。

德国青年派的代表作家海涅的抒情诗 Buch der Lieder(1827),也通俗化地和着哥德和布棱他诺(Brentano)的诗及民谣的调子,迎合一般读者的趣味。他又创始如像 Reisebilder(1826—1827)和文学评论"浪漫派"(Die Romantische Schule,1833—1836)的文学随笔,而做为德国集纳主义的模范。

德国写实主义戏曲的完成者赫贝尔的初期戏曲 Judith(1841)和 Genoveva(1843),都是贯彻德国派的精神的,所以,那主要人物霍罗夫拿和哥罗,都不外是偏执狂的德国青年派的论说记者。可是,到赫贝尔的 Maria Magdalene(1844),却完成了写实主义,即为时势落在解决贵族与市民的阶级争斗和从来的市民悲剧,而在市民阶级自身偏狭的世界观中,找出了悲剧的真正意义。他那戏曲的序文与"戏曲私见"(Mein Wort zum Drama),在黑格尔的泛伦理主义的影响下,确立了所谓泛悲剧主义的艺术观。依他的意见,世界精神分裂成无限之多的个体,而互相矛盾地冲突着。因此,个人的意志决不是正确的,可是,在发达的道路上,实在是没办法。这样,席勒以来通行的罪过和报应的悲剧,是崩溃了。且在要求如像以两个时代的转换期为舞台的发展剧了。他的过渡期的剧曲 *Herodes und Mariamne*(1850),也和圆熟期的 *Agnes Bernauer*(1855)和 *Gyges und Sein Ring*(1856)及 *Die Nibelungen*(1862)一样,主人公都是站在二时代的转换期上。赫贝尔常从问题上出发,所以,有时候他只不过使问题穿上衣裳。而且,他的泛悲剧主义,在今日的我们是已经难以承认的了。而且,就从样式一点说来,无论怎样,在他那新的内容上,是找不出新的形式来的。他的形式,我以为可以说是古典主义的要素和德国青年派的要素的混合。

企望赫贝尔创始新的形式的,是格拉伯(Christian Dietrich Grabbe, 1801—1836)和蒲西拿(Georg Büchner, 1813—1837)。格拉伯把主人公写成伟大的,同时,加强其精神的苦闷。在他的作品中,群众是执拗地反对着天才。他写群众的场面,颇是写实的。例如,《赫尔曼之战》(*Die Hermannsschlacht*, 1827)里面出来的盖尔玛涅人,用威斯托夫林的方言说话;在《拿破仑》(*Napoleon*, 1831)里面的,是当时柏林的青年。这两者的战争场面,就是今日进步的舞台艺术,也还演不出的那样崭新的东西。他又把多种多样的主人公收集在一篇戏曲里。例如,在后者里面,普里贝尔和威林顿,是以拿破仑的同等价值而对立着。

蒲西拿比赫贝尔,是更变态的(Grotesque)。他不相信那历史上的人物的伟大,如在《旦丁之死》(*Dantons Tod*, 1835)里,指摘着伟人们的弱点。他又模仿德国的民谣,在各个场面上分解戏曲,所以,他的戏曲是像在技巧上谭诗一样组成的。他在用语方面,如像电信体,又像自然主义。而且,他在这作品里最初用下层阶级的粗人做戏曲的主人公。

此后的文学,更加保存着与实生活密接的关系。同时,别种类的作品,尤其是小说更加发达起来了。这写实主义小说的全盛时代,是1852年亘至1857年。由夫莱塔格(Freytag)、史悲尔哈根(Spielhagen)等比那比较优秀的作家克拉(Keller)、腊伯(Raabe)和迈尔(K. F. Meyer)更受读者欢迎一点上,不难于想像当时民众的兴趣。当然,多少例外也会有的,而且,当时的作家,也同德国青年派的人们一样,把全生活献于文学,而营诗人自由生活的人也很多。当时写实主义的代表作——《绿衣的亨利》(*Der grüne Heinrich*,1854—1855),是舍弃了远方的过去,而在现代人的胸中探求着奇迹的。而且,所谓纯美的生活态度是不可能的事,成了那根本的思想。在这里,这时代的精神是鲜明地表现着。但是,写实主义,终于因巧妙地观察外部生活和内部生活,完成了诗的创作能事之倾向。因此,无论是路得维希(Ludwig, O)、施笃谟(Storm)、夫莱塔格和夏尔哈金,都成了平凡而干燥无味的讨厌东西。

二

如像这样的,写实主义的机运,是受外国,特别是法国文坛上的自然主义运动的刺激,而由柏林的哈脱(Hart)兄弟和缪亨的康拉德(M. G. Conrad)的新文学运动促进的。而且,文坛革命的火烽,首先起于抒情诗坛之一角,荷尔兹(Holz)的诗集《时代之卷》(*Buch der Zeit*,1885),是少年时代的青年对社会的同情与近代的世界观之结晶。这个倾向,以后不久波及到小说界,而创生了基尔巴哈(Kirchbach)的社会小说 *Meister Timpe*(1888)。

当时的社会状态,由马克斯指导的第四阶级劳动者之勃兴,使市民阶级的支配受着威胁。而且,社会的虚伪,即物质的生活和精神的传统矛盾,是更加地明显了。加之犹太人的势力,在出版界和批评及演剧方面,比作家的势力还更形张大了。并且,当时的德国思想界,达尔文的进化论代替了实证主义。更详细地说,由赫克尔(Haeckel)的达尔文主义所支配了。这结果,"生存竞争"与"遗传"的问题,就连诗人也都热心地来讨论了。

外国文学的影响是很大的。德国自然主义的模范,自然是瓦拉(Valla,L.)。他那"艺术是天禀(Temperament)之下的一片自然"的艺术观,特别是给了小说方面重大的影响,易卜生又在戏曲方面给了重大的影响。尤其是社会批评剧《人民之敌》,和讨论遗传问题的"幽灵"那分析的技巧和对话的样式,特别那独白的否定,成了新时代的德国模范戏曲。虽然也受了托尔斯泰和妥斯退益夫斯基的影响,可是却远不及前二者之甚。

但是,左拉的自然主义艺术观,却并没有就此接收过来。荷尔兹断定他既平凡又谬误,且订正他为"艺术是有要再返自然的倾向"的。荷尔兹的主张,当然不完全是理论的,且在比左拉更澈底的一点上,表示了德国人的特色。如像他的这个主张,是使自然主义做澈底的,所以叫做：澈底的自然主义（Der Konsequente Naturalismus）。荷尔兹为了实现其主张，细密地描写事象，甚至微妙的 Nuance 都要再现了。又，新鲜地描写着人物的特征，且为要活跃其面目，颇如实地写着对话。由于这目的，特别研究日常语，而使各人物就那样随随便便地用着地方上的方言。语句的点断、联络和配置，都给以细心的注意。这样一来，德国文学的对话之所以妙之至极，实赖于荷尔兹的技巧之处不少。

荷尔兹为要实现新艺术的理想，和友人席拉夫（Schlaf）共同从事于制作。荷尔兹的理想所以能够实现，可以说完全是席拉夫的丰富创作力之赐予。二人共同制作而最有名的，是短篇集《哈姆列特爸爸》（Papa Hamlet）。其中特别是《死》（*Ein Tod*）的短篇，是发挥尽了澈底的自然主义技巧。这是如实地描写着：由决断而陷于濒死状态的大学生，和通宵看护着的两个同学的兴奋极顶的神经上，竟至微细的刺激所给予的印象。荷尔兹和席拉夫二人，共同想着这个样式是要怎样的题材才适用，可是，只有好像"死"所指示之经过时间的场合才适当。

当时的作家，多是中产阶级的市民出身的。可是，因为他们依靠文笔来生活，所以，许多人陷于生活的苦难，而带来了所谓 Proletaire 的倾向。又，与新闻杂志有关系的是特别多。但是，如像这样的倾向作家，未必受一般社会的欢迎。

1880 年活跃于德国诗坛的，是力立恩克伦（Liliencron）。他的诗打破了因习，用适应于新时代的清新声调，就那样地歌颂人生与自然。因此，他那最初的诗集《副官骑行》(*Adjutantenritt*,1883)刊行的时候，受企图于文坛改新的诗人们的欢迎，宛如同志。虽然他与自然主义的运动，和作为背景的社会主义都没有关系，而却是军人和贵族主义者。可是，他爱好故乡荷尔修旦广漠的自然，同时又赞美都会生活、诗、酒和女人。无邪气而快活的自然儿的他，不仅是现实主义者，且还是空想家。像他这样的特色，新鲜地表现于诗集 *Poggpled* (1893)之上。

此后，荷尔兹披露了关于抒情诗的革新主张的，是"抒情诗的革命"(*Revolution der Lyrik*,1899)。他相信：新时代与新生活，是依于适当它的新形式而表现的，所以，不必遵守如像从来似的断片的脚韵和传统的歌章。在这里，他的言语的动律是完全不同了，而要再现各体验内特有的内的动律。他的主张是正确的。他那 Phantasus 中的诗，是由散碎的言语缀合而成的，所以，他的诗是比被排斥的旧体诗更人工的，不自然的。

得着荷尔兹和席拉夫二人合作的暗示，而完成自然主义戏曲的，是霍甫特曼。他那最初的戏曲《日出之前》(*Vor Sonnenautgang*,1889)，时代就是现代，场所就是作者的故乡休金的一村落，而以为着出产煤炭致富万金的农夫的颓废家庭为中心，处置着资本家对劳动者的问题和妇人问题。这戏曲，自1889年10月在柏林"自由剧场"第二次上演以来，成了猛烈的新剧运动。

《日出之前》和《和平纪念》(*Das Friedensfest*,1890)，很明白的，都是受了易卜生剧的影响。但是，全篇连贯着在易卜生剧里找不出的遗传说,且不像易卜生剧一样的用文章语,而却是用的最值得注意的方言。

到《织工》(Die Weber,1892),霍甫特曼又创始了真正的社会剧。即以织工劳动者阶级的集团为戏曲的主人公,而处置着阶级斗争。卡也尔(Fiorian Geyer,1895)是比较稍为接近从来的历史剧。可是,他又在卡也尔之外,并立地写了许多同他一样很能够引起观者兴趣的人物。自然,这是自然主义的史剧的新方法,虽然分散观者之注意的一点上是很不好的。但到他那可以说是"塔索剧"的《沉钟》(Die Versunkene Glocke;1896),他是抛弃了从来的外面的自然主义的手法,而用内面的自然主义的象征主义了。

霍甫特曼的自然主义剧达到了最顶点的,是《脚夫亨洽尔》(Fuhrmannn Henschel,1898)和《伯尔特》(Rose Bernd,1903)。这都是为着这个不同的性格而陷于破灭的悲剧。同样,虽然说是自然主义,霍甫特曼是和左拉不同,而涌露了诗人热烈的同情。他之所以称为同情诗人的,是从处女作的叙事诗 Promethidenlos(1885),到晚年的戏曲 Indipohdi(1921),皆是这样的写的。可是,霍甫特曼的成功,得于犹太人的批评家哈尔登(Maximilian Harden)和华尔夫(Theodor Wolff),及他们的团体"自由剧场"援助的地方很多,这是不能否认的。

在小说方面,托马斯曼(Thomas Mann)的长篇《普登布尔克家的人们》(Die Buddenbrooks,1900),是以亘至[19世纪]40年代的林伯克市商家的没落,由遗传问题之点所做的科学处置的东西,是一篇最值得注意的作品。许多自然主义作家,反对大都会的颓废生活,而却现出了转向健全的田园生活的倾向。特别企望以自然主义锻炼出来的技巧,来向这个方向开拓新境地的,是所谓"乡土艺术"(Heimatkunst)运动。这运动持有重大的文化使命,而是在艺术上不能遗忘的伟大事迹。在这方面,最成功的作家是由牧师出身的夫棱森(Frenssen)。他的杰作《乌尔》(*Jörn Uhl*,1901),是描写一个生于乡下的纯朴的农夫的儿子,由不屈不挠的努力,终于打破了生活的苦痛难关。乡土艺术,在某一方面说来,是和自然主义对抗的,可是,在使文学和实生活相密接的关系上,是相同的。

参考书目

Johann Prölss: *Das Junge Dentschlend.* (Sluttgast,1892)

Albert Soergel: *Dichtung und Dichter der Zeit.* (H. Aufl. Leipzig,1918)

(山岸光宣 原作)

第四节　俄罗斯的现实主义与自然主义文学

一、俄国写实主义的特色

谈起俄国文学,就联想到写实主义。谈起写实主义,就联想到俄国文学。写实主义与俄国文学,就有这样密接不离的关系。真的,自19世纪30年代起,到今日苏维埃时代,成为近代和现代俄国文学主潮的,都是写实主义文艺。这其间,西欧文学的样式,已经数度的变迁,且连描写的技巧(Technic)也都根本地改变了;可是,在俄国,虽不断地起着思想的变迁,但是,文学的样式,却几乎未有更改。特别是从19世纪末到最近,相继而起的象征主义、未来派、恶魔派和构成派等的运动,都是一时的现象;且没有根本的推翻写实主义,或支配整个的文坛。确立于[19世纪]30年代的俄国近代小说的基本样式的写实主义,随着时代的进展,是更加经过洗炼;且至今日,几乎根本就未变更。法国的雨果,到五十岁时,法国的人才来尊敬他。可是,却还没有人去模仿他的文学形式。但是,托尔斯泰在八十岁的时候,不仅还是当时代的代表,且到今日,依然还可当做俄国小说样式的立法家来看哩。

但是,这里值得我们注意的,即是虽说同一写实主义与自然主义;可是,对于它的解释与看法,俄国与西欧根本就不同。西欧说的自然主义,简直就是无主义、无理想、无解决的文艺。但是,俄国的写实主义，却是理想与现实完全结合的东西。或者说，是一切样式的东西，即古典主义、主情主义和浪漫主义综合而成的东西也可吧。

罗曼罗兰批评托尔斯泰的艺术说："他那明晰的视力和恒久的幻想，就在这种地方。他用那无缺点的现实主义观察民众。可是，他若一旦闭目眠想，他的梦就立刻捉住了他；他的人类爱，也就立刻的捉住了他。"这评语，我以为不单是批评托尔斯泰的艺术，实在是批评了俄国写实主义文艺的全体。

俄国的写实主义，是以明晰的视力为特色的现实主义；同时，又是追求恒久幻想的理想主义。俄国的写实主义文学，同时又可认为人道主义文学，也是为了这个缘故。西欧的自然派，单以平面描写而完事；可是俄国的写实派，是一面以那更深刻的描写，再现现实，一面又以那自己高远的理想反映现实。致使我辈读者，堕入于西欧自然派大家们的作品里看不见的，对人间十分热爱——人类爱——的滚滚诸作品里了。西欧自然派，倾向于仔细地解剖现实和任何也不忘记描写真，虽然这里的真是专门夸张人间兽欲的。西欧自然主义穷途末路的时候，给它一种新鲜活烁之波动的，是俄国写实主义文学。俄国的写实主义，常是新的、活跃的，永远不知道老的。这是俄国的天才，对真理与光明，跃跃若燃的冲动之结果。

因此，俄国的批评家说，俄国的写实主义与西欧的写实主义的区别，是艺术的。好像事实一样，俄国的写实主义，是艺术地改造现实，和在那完全心理学的、艺术的具象性中，创造一切事象为目的。Type是属于现实的样式一范围；而艺术的写实主义，却是对非现实的浪漫主义之否定。如果浪漫主义是深化为艺术的诗之本质概念,则写实主义,便可说是解决关于诗的使命,和诗与实生活之关系的问题吧。即是,根据写实主义,诗务必严密地反映实际的现实。

总之,在俄国,写实主义可说是,个人与团体及一国民的日常生活之诗的再现。而自然主义,却是从作者的人生观之见地,特别将现实的黑暗面再现的意思。两方都不单是客观的平面描写,而却是以作者的主观和诗人的理想来反映的。这就是俄国写实主义的特色。

二、写实主义发生之过程

反抗贵族样式(古典主义、主情主义、浪漫主义)礼仪化之约束性的写实主义,自18世纪以来,随着生活性和单纯及艺术的真实倾向,已经数度地出现了。可是,俄国文学采取这明确的形式作为支配的倾向,是在19世纪的30年代以后。这移动,与19世纪初之西欧唯物的现实的倾向,当然也[有]很大的影响。同时,自[19世纪]20年代末,到[19世纪]30年代初的俄国实生活,即从浪漫主义到写实主义,资于移向到国民基础上的写实主义地方,特别的多。自18世纪末,已经显著地萌芽了的国民自觉,在19世纪初,对俄国国家的和社会的要求,是更加的注意了。同时,无论在保守派(加拉姆金一派)之间,或社会文艺团体(十二月党)之间,都这样地表现着。虽然,一方面因尼古拉一世时代的"官僚的国民主义",唤起了消极的反动与怀疑的态度;可是另一方面,对国民生活之现实问题的再检讨,推进了俄国文学。这是唤起由[19世纪]30年代的极端理想主义,向艺术的写实主义移动的一般基础。同时,各作家对于这移动,都有个人的动机和理由,那是不用说的。

伟大的批评家倍林斯基,于1835年写的《俄国小说与歌郭里的小说》一论文中,已经明确地说了:"在现代,真的艺术是现实的诗,生活的诗,和实社会的诗。"同时,这又是[19世纪]30年代文学的标语。但是,这时代的写实主义,是胚胎于浪漫主义的理想主义的诗论,所以,唯有在这一点上,理想主义的色彩非常浓厚,是没有办法的。可是,无论怎样,在这时代,浪漫主义固有的理想主义之倾向,是渐渐带来了现实的具体的形式。自[19世纪]20年代末,被尝试着的写实主义,已在俄国的文学中可以找出伟大的典型了。持有社会倾向的自然派,在这时代,也已踏出了第一步。评论界方面,古典主义和浪漫主义的论争已告终结;"新诗歌方面",和艺术的写实主义的创作方面,已经造成了或种概念,且开拓了与社会生活有关联的,将来文学发达的前途。

三、写实主义确立时代

格里波厄多夫(Griboedov)的喜剧《智慧的悲哀》,是俄国文学写实主义创作的先驱。讽刺俄国上流社会黑暗的这喜剧,早就已经脱离了伤感的浪漫的理想主义,而使俄国文学开始和现实接近了。这是开始踏进写实主义的创作,最初成功的名著。借倍林斯基的评语,这作品,是俄国最初的喜剧;而在这喜剧里面,既没有何种模仿之踪迹,复没有虚伪的主题(Motif)和不自然的色彩;且不论目的、内容、场所、性格、热情、行动和言语，都深刻地把握着真的现实。

可是，普希金（Pushkin）比格里波厄多夫更明白地感觉到，俄国文学是不能不以俄国的国民性为基础的自觉。这个天才的大诗人，他丝毫没有失去那独特的个性美和独自的世界观。他敏感深刻地体验到，那时代的文学与实生活的全道程。诗的写实主义和灵感的地上爱，是他心理的根本特质。他从过去和现在国民诗人的俄国生活真相之状态，而至于语言、风俗和习惯之微，都一概研究。他是如实描出国民性，神秘的方面，信念和精神情趣的写实主义艺术的创始者。被数为那代表杰作的韵文小说《奥涅金》、散文小说《大尉的女儿》、诗剧《郭妥诺夫》等，是俄国写实主义文学最初的典型。

普希金的后继者，而那现实意识与现实批判的态度却在普希金以上的，是莱芒托夫（Lermontov）。当然，在那客观的艺术的人生观之力量与广大一点上说，是不及普希金；可是，若在他那文学活动的继续发展，以及创作中有力的解剖精神和深刻的人生观之色彩浓厚一点上说，那是不错的。因此，他的不朽杰作《当代的英雄》和《歌伊凡·华西里益夫基王》等，在写实主义文艺的发达上，占着独特的地位。

普希金同时代的作家歌郭里，在创作方面，不仅完成了普希金的写实主义，且在短篇《肖像》和《涅夫斯基大街》之中，屡屡试想理论地说明写实主义。依据这一点，这时代的歌郭里的艺术观，很显明地带着神秘的性质，且倾向于浪漫的见解。依据他的意思，写实主义必需具有精神的内容，反映一定的理想，和是理想主义的东西。毕竟，歌郭里的写实主义，是现实主义与理想主义的结合。这也就是俄国写实主义根本的特色。虽然，表面的，明白说出了那隐在俄国实生活里面的可怕的黑暗的特殊天才，早就使歌郭里的艺术，倾向于写实主义了。他在描写小俄罗斯的空想题材的罗漫蒂克的初期作品里，已经是写实的了。加之，经过《顽固的地主》《普里巴》和《外套》等作，是更加地发展了。至杰作《检察官》和《死灵》，遂到了顶点。而竟至可以看为俄国"自然派"的开山祖。这时候，歌郭里自身也像"自然科学家传授眼睛看不见的昆虫运动"一样，以暴露现实黑暗世态的描写家而自任。俄国文学上的自然主义，到这时候，已经开始发端了。但是，在歌郭里的艺术里面，却还依然留着理想主义的暗影。歌郭里的自然主义，要之，是倾向于至今谁也不管的日常生活中的丑恶、卑污、低贱、滑稽方面的写实主义。总之，他的艺术，与我们后来看见的自然主义文艺，是相隔很远的。为什么？因为[19世纪]30年代的自然主义，即"自然派"的人们，虽然描写恶俗的现实世相，可不单是模写，且从自己理想的见地，反映现实的世相。而且，歌郭里的功绩，不仅是把艺术的对象，从上层的贵族环境，引下到日常的生活里来，而在周围的实社会中扩大创作的范围；且更贯穿着那艺术的写实主义、心理的观察和深刻的讽刺，而以全然崭新的手法，结合一般的内容。普希金响应着广大世界的一切声音，可是，在时代精神上，却比较的不灵感。因此，他不能在那社会的基础上，描出国民的生活。但是，歌郭里的小说，开首就接触了大众的心理。而且，他持有使艺术民主化的力量。在这关系上，如果普希金的写实主义是艺术的；那么，歌郭里的写实主义，便是社会的吧。倍林斯基在论歌郭里的创作里，解剖写实主义说。

在现实文学上,意想的单纯是真的艺术,真的圆熟的天才的一个最确实的特征。现实文学的使命,是从生活的散文里面,引出生活的诗;且使这生活确实的描写,震撼精神。歌郭里完全地完成了这使命。歌郭里的艺术,在表面的单纯与细致一点上,有力而且深刻。在歌郭里的创作里,意识的单纯,生活的完全真实,和国民的,及独特的诸点,是一般的特质;但那常为哀愁与忧郁的深切感情所贯穿的喜剧的兴奋,却是他个人的特质。

倍林斯基是这样特别注意歌郭里个人特质的哀愁和谐谑之结合。因为在这里,可以看见叫作创造的灵妙之艺术特征。

我们可以拿歌郭里的一切小说来看。是有什么独自的特质呢?可笑的喜剧,开始是傻气的,继续也是傻气的事;但到末了,却是流泪而终。并且,这就是所谓结局生活。他的一切小说,都是这样哄笑开始,哀愁结局。我们的生活也是这样,开始是笑的,后来是悲哀。而且在那里,是如何多的诗、哲学和真理哟!

就这样,接受了自然主义名称的写实主义艺术,无论在实际上

(歌郭里的艺术)、理论上(倍林斯基的批评),都明白地确立了。

四、西欧文学的影响

普希金、莱芒托夫和歌郭里的文学影响,总之,可以说是艺术的写实主义。写实主义,从这个时候起,有力量地支配着俄国文学的全线。俄国文学的形式,到这时候,可说是已经永久地确立了。唯有扩大且深化文学内容的事业,留着做后继文学者的使命。

但是,对于写实主义的确立,也不能抹杀当时西欧文学者的影响。特别是法国的巴尔扎克和斯丹达尔,英国的忒克里和狄更司的作品,捉住了最多的当时俄国青年作家的心。同这写实主义作家们一样,或者更甚的,法国浪漫派巨匠雨果和乔治桑特的思想,当然也给予很大的影响。但是,这些影响,不要忘记,决不是艺术的,而却是纯然理智的,乃至道德的影响。[19世纪]40年代的作家们,只是敬仰彼等为师,而浸透在法国浪漫派传授的人道和民主思想里;但与我们在雨果和乔治桑特的作品里所看见一样的空想的理想主义,却没有何等的关系。在这里,一方面对于北方民族特有的醒悟思想与自然主义的倾向,大有帮助;他方面,在普希金与歌郭里的影响之下,给予俄国文学步来的现实倾向很大的力量。就这样,[19世纪]40年代的作家们,接受了法国浪漫派思想上的影响,而以这思想做基础,对着俄国的现实生活解剖。

总之,说到西欧作家的影响,可以作为其主要之结果看的是:1.丝毫不厌恶平凡的日常生活,且用在这生活中,为给读者思想感情上一种道德的影响,可以找得出最有利的材料的优美的写实主义形式;2.扩大作者对——代替从来的上层阶级,特别是贵族阶级的——最低级的新庶民层生活的兴趣;3.热烈地表现社会的倾向,人道的思想;4.同情一切受生活压迫而恼恨社会制度不公平的人们。

五、"自然派"与其艺术

自歌郭里的《死灵》发表起,到[19世纪]40年代末的数年间,为倍林斯基和"自然派"名义下的作家们,各人的优秀作品,同时出现于文坛的灿烂时代。虽然说是自然主义,也像前面所述的一样,与西欧自然主义不同。俄国的自然派,不单是暴露现实,且可说是对于稍稍带着社会性的周围社会重要问题很关心的一派。倍林斯基对这"自然派"的名称,也像那诽谤者们,对这新的写实主义、人道主义的倾向发的讥讽一样,任意地使用着。他对这自然派,公平且预言地说了。

> 俄国文学,到自然派的作家,才踏上真实的道路,且倾向于感激和理想的独自根蒂。而且,由于这样,才成为现代俄国的东西。俄国文学恐怕不能很快地逸过这一道程吧。为什么?因为这是对那由他一切局外影响的解放,与独立的直接道程。

自然派作家在[19世纪]40年代的活动,因为是近代写实主义文学的基础,所以,那将来的发展,已在这时代里决定了。现将[19世纪]40年代以后的那些作家的作品,顺年代地列示于后。

1843年,屠格涅夫的《拍拉霞》。[18]45年,同作者的《对话》和喀尔洵的《谁的罪过》(最初的部分)。1846年,屠格涅夫的《三个肖像》和《地主》,妥斯退益夫斯基的《穷人》《二重人格者》和《普洛哈尔金》,格里哥罗维契的《村》和《贝德尔普克集》,尼古拉梭夫的诗《狩猎》及其他,阿克沙科夫的《家庭记录》(最初的数节)。[18]47年,屠格涅夫的《猎人日记》,格里哥罗维契的《戈韧姆加》,龚察洛夫的《平凡的故事》,喀尔洵的《古尔朴夫》和《谁的罪过》(完结),杜尔狄宁的《沙克斯》。[18]48年,龚察洛夫的《柯洛莫夫的梦》,萨尔提科夫的《纷扰事件》,喀尔洵的《强盗的喜鹊》。[18]49年,妥斯退益夫斯基的《涅窝诺夫》。[18]50年,比塞姆斯基的《被头》,屠格涅夫的《余裕者的日记》《乡村的一个月》和克列斯托夫斯基的《米哈衣罗娜》等。

这些作家,无论谁个,都是在[19世纪]40年代的理想里养成的,同时,因为那文学的活动又开始于[19世纪]40年代,所以,特别称为40年代派。但是,无论谁个,多少都有一部分是属于歌郭里一系统的自然派。

这一派的新文学,无论在那内容方面、主题方面或题材的处理方面,都全是新的。但是,在以上的作品里,可以认为特征的,即试想说明那和还留在文坛上及社会里的浪漫主义的战争,并使它和各种新社会形式(Type)对立的事,以及新抬起头来的思想运动;且想描出支配全俄国的官吏,地主阶级十足的恶俗和不能融和的人们之地位境遇,以及对庶民层的社会同情之扩大,对俄国女性境遇的深深注意和农民描写等。

对俄国现社会的世相与社会政治的状态、自然派作家的态度是十分否定的。歌郭里以后的俄国小说,专门倾向于讽刺。正如我们在哥郭里的小说里所看见的一样,已经借着艺术的形式,在那里痛烈地谴责俄国社会组织的恶俗姿态了。屠格涅夫在《拍拉霞》和《地主》里,喀尔洵在《古尔朴夫》和《谁的罪过》里,龚察洛夫在《柯洛莫夫的梦》里,特别是比塞姆斯基在《被头》及其他的作品里,给了俄国社会一个消极的黑暗面的描写。因此对于纯动物的生活支配的抗议四十年代文学的社会教育价值,是伟大的。

六、现实暴露的悲哀

[19世纪]40年代的作家们,在50年代以后,继续与检阅制度的压迫斗争,是更加旺盛的活动;而那艺术的基调,依然是实生活的剖解。

解剖现实社会的基础,是19世纪全欧洲的风潮。可是这风潮,在俄国却成了特别有力的调子。这是因为俄国的现实生活,无处不是丑污贱劣已极,而社会的空气,实在太过黑暗了,所以,无论什么地方,都没有什么值得可以保存的。加之,压迫最甚的[19世纪]50年代的反动,更加增进了暴露现实的倾向。

在这种情形下,俄国实生活的消极方面的解剖,成了[19世纪]40年代派的作品的黑暗调子。他们失去了曾在40年代的初期作品里的那种精神和乐天性,且对实生活,抱了近于厌世主义的怀疑见解。这倾向,遂使他们同歌郭里一样,竟至失去了描写理想的和积极的形式(Type)的才能。至少,我们可以知道,不描写这种形式(Type)的他们的尝试,同样是归于失败了。(例如,屠格涅夫的《殷莎罗夫》、龚察洛夫的《休特里兹》就是如此)他们的作品里的积极的Type,不是活的人间,而却是无理作成的、不自然的、抽象的人物。

四十年代派的作家,对于这怀疑的解剖,和实生活的消极态度,为着过于显明,所以,他们到[19世纪]60年代,就失望于一般的期待了。即是,当新人物、新理想和新思想到来的时候,那热心于新运动的专家们,正期待四十年代派来再现这新理想的艺术时候,四十年代派对于这新运动与新人,却和对于实生活的现象一样,来了一个怀疑的消极的态度。因此,他们被人骂为变节汉或背教者,虽然这种非难,是失于正鹄。是的,四十年代派并未变心,而是时代不同了。要求不同了。四十年代派依然如旧,一点也没有改变。只是因为他们谴责了,要求对新思想、倾向和行动取着积极态度的热心家们的否定态度与虚无主义,遂于两者之间,生了隔膜。屠格涅夫的所谓"父"与"子"的争斗,就是表现这个。

七、近代写实主义的发展

近代的写实主义,同着时代的进步,天才的辈出,遂更坚实地发展了。[19世纪]70年代,高出新文学水平线的天才作家,有兹拉特夫拉斯基、乌斯宾斯基、科罗连科、加尔洵、波塔宾珂、列斯珂夫、波波里金等,80年代,柴霍甫(Chekhov)那像真珠一样的短篇小说,开拓了写实主义文学的新天地;但是,成为传统的,本格的文学样式的写实主义,可说托尔斯泰的艺术,是达到了完成的顶点。

从19世纪末,到20世纪初头,是象征主义的全盛期。这其间,写实主义的传统,一时地衰落了,虽然没有死灭。写实主义,依然在当时的文坛上,张着坚固的势力。高尔基、维赛耶夫、契里柯夫、库普林、绥拉菲摩微克、阿志巴绥夫、安特列夫、尤西喀维基、格赛夫·科连普尔格斯基、施启达列兹、卡孟斯基、维尔比兹卡亚等的文学,不仅继续坚实的存在,且因加上了崭新的近代的内容,和都会印象主义的意味,而至于发挥新写实主义的意义到某种程度。

更从帝政时代末,到世界大战后的数年间,是俄国文坛上,写实主义传统的复兴时代。这时代里最光荣的代表作家,是阿·托尔斯泰、谢志夫、布宁、查米耶丁、休美里约夫、席尔格益夫·忠斯基和特勒尼约夫等。在某种意义上,勒美左夫也能得加入这一群吧。他们的艺术,经过彻头彻尾的近代的洗练,而更加纤细了。且因带了很重的抒情味,所以,可叫做新浪漫派,也可以叫做抒情的写实主义。

革命后的苏维埃文学,造成其主潮的,依然是写实主义。但是,关于这方面的详细叙述,为了篇幅所限,只好留给别卷"俄国文学篇"与"现代文学篇"去论了。这里,只将俄国写实主义与自然主义的发生过程及其特质,主要的叙述完了就结束。

(升曙梦 原作)

第四章　各国新兴文学

第一节　英吉利的新兴文学

一、社会主义文艺的过去与现在

在英国,没有像东方现在这样的社会主义的或平民的文艺运动,以及具体化的文艺作品和文学理论的存在。在这一点上看来,英国的文艺,仿佛是非常的落后。现在,就是关心于英国文学的人,也有人认为英国文学是远不如东方诸国的了。

诚然,在现在的英国文坛上,没有像今日远东一般尖锐化的社会主义文学。可是,单单以此理由,而来断定英国文学的落后,我以为是不很正确。

社会主义文学的发生、进化与浸润,必要有与它相应的社会情势。在东方,今日社会主义的文学,是必然发生的,而且,亦有了巩固它的必然的社会情势。可是在英国,等到现在,这社会情势的必然性,已经是没有了。而且,如像远东今日社会情势的必然性,早已是在英国成为过去的事了,即自1832年通过了选举改革条令前后,至1850年之间。换句话说,就是在Chartist的运动得势、活跃,以至渐渐衰颓倾覆之间。在这期间的社会情势,我以为正与远东最近的社会情势相类似。而且,在这期间出现的,带着社会主义倾向的文学,是否与远东的平民文学匹敌的作品,正是文坛的一问题。

因此,在这意义上,好像现阶段上的社会主义文学,可以说是英国[19世纪]80年代乃至百年代的过去东西。出现于那时候的东西,若问为什么在今日却已消沉了的话,那便是因为英国社会主义文学在还未澈底和尚未形成的时候,英国的社会制度就已经社会主义化了。创生社会主义文学一般的社会情势,就已经很缓和了。英国的社会,是比远东进步的。英国的种种制度,是比远东更接近些苏联。在表面上,虽然分明地是资本主义国家;可是实质上,英国的各种制度,是能适用于社会主义的。并且,生产业的十分之一,已由国家经营;而个人主义,又被资本主义制度排除去了。因此,现在的英国,已经没有激烈的阶级意识之酝酿的余地。它为着劳动党的组织内阁和劳动协会评议会的活动,常常是被缓和下去,所以,不容易创生以阶级意识(即普罗意识和感情及心理)为艺术的作家。这决不能说是英国文坛的落后,因为英国社会情势的进步,致使社会主义的文学运动,没有兴起的必要。

但是,最近英国的社会情势,不能包许没有兴起社会主义文学出现的必然性。1926年世界大战时的全英总同盟罢工,虽然曾经给予英资本主义最后的打击,但此后的社会组织,却仍然未有根本的变革,而至破绽到处出现。虽然是劳动党组阁,可是为了未有振兴社会改革的大斧,贸易是衰落了,产业萎缩了,石灰市场侵蚀了,失业人数渐渐增至二百五十万之多了。加之,劳动者意识,日日更加分明。那一时曾经屏息下去的共产党,最近也有了机关报,且明暗两方面地与苏联提携,努力于普罗意识的自觉与昂扬。这新鲜耀目的普罗意识,可以预想得到,又要浸润到文艺上来了。十分自觉的、尖锐化的社会主义文学,说不定就在目前的未来就要出现了。

总之,比现在更显明的社会主义文学,是存在于今日八九十年之前。所以,现在就顺着次序来说一个大略。

二、Chartism 与社会主义文艺

英国的社会主义文艺,可以说是和远自19世纪前半世纪的Chartism运动同时开始的吧。所谓Chartism者,即"对英国劳动阶级革命斗争之总称"。换句话说,便是在社会主义的劳动基础上,企图联合王国,即是想改造英国的一种社会革命。这运动,有种种的阶段与发展。但,这里可以总说一句,这是劳动阶级以获得可及的政权为中心的运动。所以,议会的民主主义的实现,是它主要的目的。英国人对于这要求获得人民宪法的运动,给了一个名称,便是Chartism。伦敦劳动协会,于1837—[18]38年之间,竟至揭示了这人民宪法的纲领。这人民宪法是小木匠乌里姆·罗威特起草,由下面的六款所

构成:1.普通选举;2.平等选举区;3.废除候补议员必需具备财产的资格;4.议会每年改选;5.无记名投票;6.支给议员年金。

这运动,最初的结果,便是有了英国的产业革命。渐次,就呈现了资本家和中产阶级及平民阶级分离的现象。在这现象下,遂成了后者反抗前者的起因,即无产阶级为着自身利益,团结了起来反对资产阶级。在这里,值得注意的,就是无产阶级和中产阶级的握手,完成了 Chartism 发展的最初阶段。可是,1832年的改革法令,只扩张了中产阶级的选举权。反之,无产阶级却完全没有被选举的资格。至此,平民阶级开始明白了自身利益和中产阶级利益的不同。而将运动的方面,最初集中到本阶级的利益与目的。阶级斗争观念和经济的直接行动,于此遂形成了这运动的主要倾向。即马克斯于十年后着手的工作,已在这里开始了。这是 Chartism 运动的第二阶段,继续到1834年。这运动的第三阶段,是在1837—[18]42年之间,即由通信条令,渗入了实践的组织的运动。1849年以降,这运动遂为大英帝国的经济的繁荣和文化的进展所迷惑,自由主义所钝化,渐渐地含糊起来了。至1855年,遂完全消踪灭迹了。

英国的社会主义文艺,是伴着这 Chartism 运动发生的。虽然可以分得开来,然而当 Chartism 进行到第二阶段时,即自阶级意识明确地醒悟了时,相应于社会主义文艺之名的作品,可说是已就有了。并且,那些作品,没有不是从明确的阶级意识出发的。就是作风,也和那人道主义与基督教社会主义的立场出发的不同。同时,那些作品之多数,并非在目的意识下作成的,而却是发生于自然。即并非作者参加了这运动,而为着这运动,利用创作活动的立场来尝试之作。反之,为着受了这运动的影响,不安于沉默而来执笔写的诗歌小说,倒是多数。滑铁卢战争和选举改革条令之间出现的文学,也[有]不少同情平民阶级、描写平民阶级的人道主义立场的作品。例如:克拉布(George Crabbe,1754—1832)的诗,有同情劳动者生活的歌;又,华滋华斯(Wordsworth,1770—1850)在《巡游》(*Excursion*)中,也曾说及新产业工人的苦恼。Manchester 的屠杀,使诗人雪莱(Shelly,1792—1822)写了《无政府赞美》。但是,真正的社会主义文艺,应该是创始于如像《纺绩少年》(1819 年)的作者巴普佛尔德(Samuel Bumpford)和《谷物条令的歌人》(*Corn Law Rhymer*,1831)的作者厄里略脱(Ebeneezer Elliot,1781—1849)等民众诗人吧。厄里略脱不是真正的无产阶级,而是五金商。《谷物条令的歌人》是对面包税吐露憎恶的作品。《笼中之鼠》是一首很好的普罗诗。

> 你把我们囚禁了起来,
> 抽了我们的面包税,
> 为什么?
> 还不相信我们的瘦弱呢?
> 你是因此吃得肥肉一身,
> 脸色红润;
> 加上税金换买葡萄酒,
> 喝得大腹便便,

倘若有三匹老鼠吃得肥肥胖胖,

就一定有十二匹老鼠在挨饿受饥。

因为笼中是关着十五匹活老鼠。

若问胖鼠的肉之出处,

就在那三匹和九匹瘦鼠的身上。

Chartism 和劳动法及谷物条令等所惹起的[19世纪]40 年代的社会动摇,是在小说上和诗歌上都反映了出来。1843 年,卡莱尔(Carlyle,T.,1795—1881)的纠弹社会呼声《过去与现在》出版后,勃朗宁夫人巴列特(Elizabeth Barrett Browning,1806—1861)写了同情贫民阶级儿童的诗《儿童的呼声》(Cry of the Children)。同年耶稣圣诞节,以滑稽诙谐著名的诗人伏德(Thomas Hood,1799—1845),发表了《霞芝的歌》(The Song of the Shirt);狄更司(Charles Dickens,1812—1870)发表了《耶稣圣诞节小曲》(Christmas Carol)。二年以后,三位作家都在自己的立场,发表过描写贫民阶级状态的作品。九年前发表过《出自工场的呼声》(The Voice from the Factory)诗的瑙顿夫人(Caroline Elizabeth, Sarach 1808—1877),发表了《岛国儿童》(The Child of the Islands),前者是反对少年劳动的作品,后者为歌新生的皇子的前途与贫民孩子们的前途比较的长诗。染房的儿子,过激的Chartist 的库柏(Thomas Cooper,1805—1892),因煽动 1842 年的罢工,被课了二年的惩役。可是,出狱后,以燃烧于胸中的过激思想,写了政治的叙事诗《自杀者的炼狱》(The Purgatory of Suicides),发表于

1845年。狄斯勒利（Benjamin Disraeli,1804—1881）于旅行北部工场地带回来后，曾以工场的悲惨状态，Chartist的运动和贫富问题等为中心题材，著了小说《西比尔》(*Sybil*)。

可是，用当时工场生活的悲惨状态描写小说，而比前者更惹世间注意的，是加斯克尔夫人（Elizabeth Oleghorn Gaskell,1810—1865）的《巴顿》(*Mary Barton*,1848)。女士是Manchester一功利主义者的妻。《巴顿》是恐慌时代（1839—[18]42年）的Manchester的工场生活里得来的材料，很明白地描出了贫穷人如何地被虐待，怎样地受无理处罚等的一作品。这小说是得了非常的收获，且得到卡莱尔和莫理斯（Morris, W., 1834—1896）及金克斯烈（Charles Kingsley, 1819—1875）等非常的赞赏。可是，为其如此，反而引起Manchester的资本家和经济学者猛烈的反对与非难。这作品，在布局上，不能说是新的，但在构想的巧妙，描写工场生活的逼真，以及对可怜的劳动者之同情的真实与热烈等各方面，几乎可说是无类比的作品。作者对劳动者的同情，在无实罪的主人公之杀人公判一场面上，可说是达到了顶点。总之，这是当时的社会主义文艺中最好的一篇。女士更于1855年，著了一部更大规模的，描写劳动问题贫富问题的《北部与南部》(*North and South*)。此外，在这一时代里，从基督教社会主义立场来描写劳动问题与社会问题小说的，有金克斯烈（Charles Kingsley, 1819—1875）。在这一方面，值得注意的作品，有《洛凯》(*Alton Locke*, 1850)和《菊花》(*Yeast*,1851)等吧。

三、社会主义运动与社会主义文艺

以上,是应 Chartism 的发展阶段而出现的第一期社会主义文艺概观。Chartism 运动衰落后,代之而起的,是自由主义。为着自由主义与劳动运动综合起来了,所以,社会的动乱,几乎一时绝迹。加之海外殖民政策的成功,国内产业的发展,英国呈现了非常的经济的繁荣。因此,在表面上,英国是已经完全平稳无事了。社会主义文艺,几乎没有发生的余地了。可是,到近于19世纪末八九十年代,类似 Chartism 的运动又出现了。威克多里(Victoria)王朝的光荣与经济的繁华,都受了它的威胁。社会主义或政治运动是再抬头了。社会民主联盟的成立,社会主义同盟的创生,胡比安(Fabian Society)协会的活动和独立劳动党,特别是劳动党的抬头等,在这19世纪末到20世纪初的十年间,做成了社会主义的世纪观。跟着这运动,社会主义文艺再披上新装而出现,自是当然的事。这最初的代表者,为萧伯纳(Bernard Shaw,1856—)和威尔斯(H. G. Wells,1866—)。稍后一些的,有高尔斯华绥(John Galsworthy,1867—)。在此,我们不能忘记先驱的登场者莫理斯(William Morris,1834—1896)。他是一位极端爱美的艺术家。但是,他所爱的美,不是超社会的美,而却是良好的社会,必然发生的光明之美。因此,社会的良好,成了构成美的必要条件。他的时代,即商业和工业时代,不是经营良好社会生活的时候,亦即最不适宜于美的时代。因此,实现美的社会建设,捉住了他的心,使他成了革命的社会主义者。

他赞颂诗神,同时赞颂社会主义。成为诗人的是发表了醉心于中世纪趣味,和北欧传说的《地上乐园》(*The Earthly Paradise*, 1865—1870)、《神圣恋爱》(*Love is Enough*, 1872)等长诗。成为社会主义者的,是加入了 1881 年所组织的社会民主联盟的活动。可是,联盟内部,后来因为议会主义和反议会主义分了家。莫理斯为后者的首领,退出了联盟,新组织了社会主义者同盟。但是,这同盟所包含的分子,因为过于复杂,所以,未见何种惊人的活动,已就迅速地瓦解了。莫理斯的作品,由艺术与社会主义结合成的,有《鲍尔的梦》(*The Dream of John Ball*, 1888)与《无何有之乡》(*News from Nowhere*, 1891)等劳作。这些作品,因为社会的罗曼斯(Romance)太重,同时,既没有特别用普罗阶级为主要题材,又未以同情之眼观察和描写普罗阶级,所以只能说是劳作。要之,莫理斯是一位艺术的社会改造家。

使萧伯纳成为社会主义者的最初动机,是他听了《进步与贫困》的著者,单税论者乔治(George, Henry)的《土地国有》的演讲。这是 1882 年,当萧伯纳二十七岁的时候。这样一来,他便读了乔治的《进步与贫困》和法译马克斯《资本论》,变成为一个社会主义者了。1884 年,他迷于社会民主同盟与胡比安协会之间,终于加入了后者。胡比安协会,是以"最高的道德能力,与一致的社会改造"为理想的社会问题研究团体,刚刚 1884 年 1 月成立的。比萧伯纳稍先加入该团体的,有威普(Webb, S. J. B. P)。自此,胡比安协会依赖着这两个人,而明确的存立了。萧伯纳利用《胡比安协会宣言书》开始写了许多关于社会主义的宣传文字(Tract)。他的兴味,所以不热情者,是完全倾向于社会主义运动去了。至此,他写了《蠢问》(The Irrational Knot, 1880)、《艺术家间的恋爱》(The Love among the Artists, 1881)、《拜龙的职业》(Cassel Byrone's Professoin, 1882)及《非社交的社会主义者》(An Unsocial Socialist, 1883)等四篇小说。其中,可以称为社会主义小说的,只有《非社交的社会主义者》一篇。这是十足的知识阶级出身的作家写的普罗小说。

> 这作品的主人公,是 Manchester——工场主的儿子,名叫特列夫司的。曾经受过大学教育,研究经济学。其研究的结果,认识了资本主义社会的不合理,而变成为社会主义者了。于是,他遂用各种的方法(Trick),试做主义的宣传。他抛弃了布尔的妻与家庭,去进工厂做工,且将地主和资本家社会主义化,用来愚弄布尔乔亚阶级。他是一点也不顾虑恋爱和其他一切布尔的习惯,只管尽力地为[社会]主义宣传。这是相当好的社会主义的宣传小说,虽然主人公的心理,写得太过机械了一点。

萧伯纳于加入胡比安协会之后,同时使用着笔战和舌战两把利刀,为着社会主义奋斗。这时,他在演剧方面,也很打得热闹。的确,使他成名的,全是戏曲。他的戏曲,并不露骨地做社会主义宣传。而且,大部分的作品,都是剥落现代布尔社会道德、宗教和政治的假面具的,即所谓绅士、淑女的内心的暴露。因为是暴露文学,所以,那种辛辣所给皮肉的满足,是没有再痛快的了。《鳏夫之家》(*Widowers' Houses*,1898)、《威廉夫人的职业》(*Mrs. Warren's Profession*,1898)、《谁也不知道》(*You Never Can Tell*,1898)和《人与超人》(*Man and Superman*,1903)等,是他的代表之作吧。

威尔斯的文学活动,亦是从社会主义出发的。到今日,已经稍微改变了方向,而已经标榜出威尔斯式的社会主义了。但在文艺的行动上,却还没有改变他那"为社会而艺术的标语(Motto)",还是依然"反对为艺术而艺术"。他比萧伯纳更后加入胡比安协会,写过许多小册子和宣传文字(Tract)。他同时被世人认为社会主义宣传家和艺术家的,是由那篇叫做《鞋的悲哀》(*The Misery of Boots*,1907)的短篇小说。这作品,是描写仅仅为了一双鞋,就有那许多的人从中榨取利益的斗争。换句话说,就是暴露了从兽皮到做成鞋的资本主义的生产过程的作品。另一方面,同时又指示了,世间有着多少穷人,连一双鞋也得不到穿的苦痛生活。1909年写的长篇小说《彭康》(*Tono Bungey*),是一篇暴露依靠骗人的新药Tono Bungey,欺骗世人,积成巨大资本的现代商业主义之过程的作品。除了这类小说,他也发表许多科学小说和写实小说。可是,就是他的这些作品里,也常带有他那社会主义者的思想。

高尔斯华绥,与其说是社会主义者,毋宁说是由人道主义者的立场,来暴露今日资本主义社会之不合理与虚伪的作家。《斗争》(*Strife*,1909)便是他描写罢工的一作品。

这是以某大炼铁工场的劳资利害冲突为主题,描写罢工的一作品。在这作品里,值得我们注意的,便是罢工的解决,采取了工会的妥协案。自然,这解决是并没有遵照着顽固的工场主安特尼的意见,同时,称着始终为工作利益争斗的一个左翼工人的主张,也还是得不到工人全体的承认。这事实是说的什么呢？即是说,工会的势力非常强大,劳资的争斗,是应该以工会的力量来解决的。

由这一作品可以知道的,即从19世纪末到20世纪初的这期间,劳动阶级是在政治上、社会上都已经获得了实势力。而且,就连罢工也都被认为合法的手段了。看不见极端的压迫了。

四、社会主义文艺的现状

欧洲大战,虽未给与劳动运动特别的什么打击,但为经济的社会的沉滞,却显示了活泼的行动。1924年,劳动党组织了内阁,这是不能磨灭的事实。至少,在表面上,成了劳动党所支配的英国。而在劳动史,作成了世界的纪录。同年末,劳动党内阁,由于保守党与自由党的提携运动,而陷入于危机。政府对于共产党周刊主笔坎伯尔(Compball, G. A.)的处罚解除调查委员会之任命,拒绝要求,就是很明显的失败。首相马克唐纳德(Macdonald, J. R.),因此而解散议会,站在激烈的逐鹿战场上,坚持了二十日之久。可是,为了基诺维夫的书信事件和其不利于劳动党事件的突发,选举的结果,遂给保守党占了胜利。1926年5月,在保守党的内阁下,以煤矿公会为中心的总罢工便勃发了。这是由于煤矿业的不振,煤炭市场的缩小等,而将工资减低和劳动时间延长等直接原因所引起,那是不错的。但是,在表示1920—1921年间所组织的英国××党运动的实践力一点上,也可以看见。总罢工的结果,很明白的是,工人方面失败了。由于政府与资本家结合的巧妙宣传,与无自觉的小资产阶级的反感,是导罢工于不利的最大原因。××党遂更成了憎恶的对象。保守党利用着这机会,攻击劳动党方面的一切社会主义的政策,而做自己的辩护。但是,矿坑问题,却更不接近于解决。国内产业,是更加萎颓。外国贸易,也渐渐呈了不振之向。因此,失业者只有年年增加,而却没有何等解决的对策。劳动党于此期间,渐渐恢复了它的实势力。总同盟罢工后的空气,很显明的,便是倾向于产业合理化与劳资协调。劳动党既排除极左分子,又不许憎恶资本家,遂依其以劳动者的身份起来导上的妥协精神,渐渐得到了势力。结果,遂于1929年5月的总选举,制定了压倒一切的多数。于兹,第二次的劳动党内阁又成立了。劳动党内阁,竖立了产业更新、失业者救济和军备缩小等目标。所以,这决不是专为劳动者的内阁,而却是为英国国民全体的内阁。至此,劳动党完全放弃了初期的目的和方针,而只是妥协钝化的了。若从失去了劳动者意志的倾向来看,则支配共产党和劳动党的独立劳动党,也都站在对立的地位了,即所谓资本家的劳动内阁。失业的潮流,更加显示威暴。目前又要发生总罢工了,这是可以预想得到的。

今日的英国文艺,表现这种现象的作品,很少。大多数都是稳健的社会主义文艺。虽然相应于前进的普罗文学之名的也有。关于一切老作家,既在本讲座"现代世界文学"(上)拙著《现代英吉利小说》中述过了,姑且从略。在这里,我想关于比较新进的作家及那新的运动,说一个大略。

1930年3月殁逝了的劳伦斯(D. H. Lawrence,1887—1930),大家所知道的,是个无忌惮描写性问题的作家,可是,他那戏曲《不安的状态》(Touch and Go,1920),却是和高尔斯华绥的《斗争》一样,值得我们注意的描写罢工的作品。这种罢工的生动描写和群众的行动所演出的重要任务,都是具有普罗文学之意义的。又,我以为那罢工的解决,也比《斗争》更进步,且暗示了平民的胜利。

爱尔兰的作家,有奥克西(Sean O'casey,1887—)和马克塞尔(Patrick MacGill,1890—)。前者主要的表现,是以 Dublin 地方的贫民表现于戏曲上。后者,便是以爱尔兰的贫农生活为主题,写成小说。奥克西生于 Dublin 的贫民窟,后在造船所做过工,做过泥水匠。1923年,最初由《铳工之影》(The Shadow of a Gumman)引起阿贝衣(Abbey)剧场关系者的注意。复由《久诺与孔雀》(Jono and the Peacock,1925)获得戏剧家的地位。1926年,公演了《锄星旗》(The Plough and the Stars);1928年,《银杯》(The Silver Tassie)。由此,不仅成为英国第一流的戏剧家,且还成了欧洲大战后欧洲最大作家之一。《久诺与孔雀》,是一篇描写 Dublin 贫民生活的作品,《银杯》也是同样题材的东西。不过在这里,作者表露了战争的否定观。他的作品,多是自然发生的普罗文学。单以没有生硬的意识和具备艺术的缠绵一点，就可以看出他那笔调的圆熟和今后的发展，是很有希望。

马克基尔，是爱尔兰北部 Donagar 州古莫南地方的一穷佃户的长子。他是一个连小学教育也都没有受过的不幸者。从少年时代起，他就被残酷的地主雇去做苦差使了。他握过 Scotland 的马铃薯，做过铁路工人，过过新闻记者的生活。他是一个从最卑下的生活里爬起来的作家。他的自叙传小说《死线上的流浪儿》(Children of the Dead End, 1914)，便是他爬上去的最初作品。他由这书的认识，是那小说的异常好卖。这作品，是用爽快的笔，率直地谈着爱尔兰农民生活之悲惨，地主、高利贷者和僧侣的互相关，及古浪斯哥工业都市生活的丑恶。接着发表了《鼠坑》(The Rat-Pit, 1915)。这是描写古浪斯哥工场街的寄宿舍，特别是以女工寄宿舍为中心的惨酷的劳动者之生活。

马克基尔也曾参加欧洲大战。描写战争的故事，也有好几篇。他的最大毛病，就是只求流易于通俗。最近他也还执笔。可是，为了只求通俗的缘故，没有伟大的作品出现了。

描写过去总罢工的小说有二篇，都是 1929 年出版的。一是矿工出身，后来变成劳动运动家的赫洛普(Harold Heslop)的《大地之门》(The Gate of the Strange Field)。另一篇，便是那赤头发，常穿红衣裳，抱赤色思想，有名的劳动党妇女议员威金逊女士(Eilen Wilkinson)的《冲突》(Clash)。

《大地之门》，是写北部某矿工的儿子，去做矿工，和爱人组织了家庭,参加劳动运动;别一方面,因为得了知心的爱人,便和原配的妻子离婚了。他因为总罢工的暴发,走到伦敦。在那里,无意中偶见了已经在做卖淫妇的前妻,继续过了一星期的鱼乐生活。这事情,全为新妻所知,所以,当他回去时,妻已离他而去了。后来,当他正在做工的时候,洪水暴发,把他淹死了。在这里,那种被榨取、被迫成的颓废的矿工生活,是很详细地描写着。并且,笔调也很简洁流畅。

1930年写的《旅之彼岸》(The Journey Beyond),是描写失业不安空气之作。又,他在这一年,曾做英国共产党的代表,出席第三国际。现在,他还是一位三十岁左右的作家。

威金逊女士的《冲突》,是女士的自叙传。

为地方劳动协会运动斗争活动的女主人公,在总罢工暴发后,同着前辈们一块跑到伦敦去出席劳动协会评议会和议会。

写在这篇小说的包德纹和马克唐纳德,都是真的姓名。这小说的顶点(Climax),是女主人痛骂Intelli的温情的社会主义,而投到真正理解劳工的男子怀中去的一幕。

此外,在劳动党的议员中,也有执笔编戏曲的。例如威尔逊

(James C. Welsh,1880—)、普罗克威(Fenner Brockway)等。威尔逊有《地狱》(*The Underworld*,1923)、《摩洛哥人》(*The Morlocks*,1924)等小说。这些,都是以劳工阶级的悲惨生活做题材的作品。他又印了《矿工的小曲》(*The Songs of Miner*,1927)一诗集。普罗克威,是一位有名的社会主义者。1930年曾到美国,做资本主义社会主义的公开演说。他写过几篇社会主义的宣传剧。其中以《新兵》(*The Recruit*)和《恶魔的事业》(*The Devil's Business*)最著名。

社会主义文艺运动,从今以后,不是又将同着政治的实际运动,更加热化起来了吗？为使读者明了起见,特举暗示的实例于后。

1925年,独立劳动党内部,发生了组织艺术协会(Guild)的运动；最近,大众电影协会,就是同样情形创生的。艺术协会,在伦敦设立中央部,各工场都市,设立支部,很旺兴地开演平民剧。这是想从艺术方面,教化大众。平民戏剧家,同时又是著名的优伶莫尔逊(Miles Mallson),被选为中央部部长,兼各地支部的顾问。他著有《斗争》(*Conflict*)、《盲目的崇拜者》(*The Fanatice*)、《四人们》(*The Four People*)等戏剧。协会曾经上演他的著作和无名劳动者的作品,及德国与苏联的平民剧。大众电影协会,以普登威金、安潜休达印和登威潜科等为主,放映苏联的电影。去年的《亚细亚的暴风雨》和《大地》等,给予劳动者非常的感动(Sensation)。

独立劳动党方面,有名叫贝姆(Benn)的很好的普罗电影批评家。党机关杂志 *The New Leader*(周刊),几乎每星期都披载他的卓谈。此外,这杂志还常发表很好的短篇。1931年1月2日的该志,发表一篇戈痕的《尘埃》(Dirt)。内容是以失业者家族与小布尔乔亚享乐所的奥芬地方的酒家为对象,描写得很生动,构思亦很巧妙。

如果英国的社会主义文艺与平民文学要发达,恐怕不是发生于独立劳动党的艺术运动,就是共产党的艺术运动吧。这是可以推测得到的。英国文艺界,决不会永远只吹送那稳健的和风哟!

参考书目

Mrs. C. S. Peel：*A Hundred Wonderful Years.* (1926)

T. G. Williams：*The Main Currents of Social and Industrial Change.* (1925)

William Ralph Inge：*England.* (1926)

Albern G. Widgery：*Contemporary Thought of Great Britain.* (1927)

A. C. Ward：*Nineteen-Twenties.* (1930)

The New Leader.

The Daily Worker. (左翼机关杂志)

(宫岛新三郎　原著)

第二节　法兰西的新兴文学

法国的新兴文艺,发生在什么时候呢? 在现今,其主体还不明白,这主义的节目既然没有显示,所以,这问题就颇为困难了。

单就现今流行的意识(Idéologie)一语来说,法国的 Idéologie 一语,最初的发生,是在大革命以后。

1796 年,Destutt de Tracy 为了要把法国革命后一切思想上的形式及名目更新,对于形而上学、心理学,立了 Idéologie 一个新名目,在那时它是指导关于人与世界的实证的组织的认识,并指导个人,养成次代的人们;构成能够组织社会的实际方法的学问。

即是,为了研究组织社会的实际方法的努力,是起自百三十年前。

Tracy 及其同一倾向的人,被称为 Idéologues;关心与专念文艺方面意识的人,在浪漫派,有斯丹达尔和圣·伯夫,他们都是 Idéologues。另一方面,乌特尔·古撒、奥丘斯特·根特、伊波里特·德奴等,在自然科学及社会科学方面,也采用了"Idéologie";又,巴尔扎克和左拉,在文艺上,成为当代 Idéologie 的表现。

由此看来,则所谓现实生活的正确认识,及要求那必然出发的社会机构之实现化,都是依于这些意识而确立的。

这就是说,在这以前,即是在有 Idéologues 以前的文艺,并不是都没有养成次代,构成社会的要素。

例如，像这要素，在过去的古典文学中，我们就可以找得出来。一看什么也没有的拉封腾的几篇"寓言"中的暗示，那有名的《狼与小羊》及《猫鼬与兔》，却是反对强权与私有财产的漂亮文章。在这里面，可以完全看见无政府主义者拉封腾的面目。

像这类的事，倘使一件一件地写来，恐怕是无际限的吧。记得，左拉在什么地方自白说："我受雨果的'Les misérables'影响的地方，实在比弗罗贝尔的'Madame Bovary'多得多。"

固然，这可说是社会的影响；虽然有了这影响，而个人的文学所持有的社会性，还不很明显的与社会主义文学的 Letter 接近，都可说是自然的。

可是，法国文学在任何人的眼中，都承应"新兴文学"这名称的，是从什么时候起就有了的呢？而且，是依于谁才踏出这第一步呢？

关于这点，在严密的观察上，是有几多的异说吧。可是，在一般的认识上，19 世纪中叶，当为其创世期；闺秀作家乔治桑特，便是那先驱者。

为什么，这一说便能够确立呢？这并不是说，她的"Consuelo"（1842 年）与《安特华氏的犯罪》（1847 年）是比"Les misérables"伟大，而却是依于她的出现，作家与社会运动，才开始发生有机的关系。文艺理想与政治理想，在行动上，终于有着结合的契机了。

大家都知道，从 1840—1848 年的法国，是资本主义的勃兴时代。比较英国更迟一步的法国产业革命，受着交通发达与技术进步的刺激，必然的，一方是，资本家与小资产阶级间的裂痕，愈加深化；他一方面，形成了劳工阶级，就是这时代。

路易·普郎（Louis Blanc）、比亦尔·鲁柯（Pierre Leroux）、康西德兰（Considérant）、柏克尔（Pêqueur）、卡贝特（Cabet）、普洛敦（Prouhdon）等理论家，簇簇辈出的，是这时候。空想社会主义直接影响了文学，那是当然的。

乔治桑特是受了这些思想家之感化的。特别是与比亦尔·鲁柯、约汉·林诺（Jean Renaud）、巴尔贝斯（Barbés）等的亲近，使她跳出了文坛的象牙之塔，而成为了一个社会人。1848年革命的时候，隐然做了"有官无职"的大官，同着罗兰（Ledru Rollin）从事于临时政府指挥下的内政部《共和国公报》的编辑。

这就是说，乔治桑特的思想，到现在也还没有明白的目的意识。浪漫时代的许多人，都是这样，受了卢梭重大影响的她，相信人的本性是善的，恶的却是社会环境。因此，那社会的恶，也可由人们生而持有的平等与友爱的精神，任样调和。即是，相信一切的不幸，可由无贫富差别的爱来解决。

在这意义上，称为田园小说三部曲的《魔窟》（Mare au Diable，1846）、《小哈德》（Petite Fadette，1848）和《私生子佛兰梭》（François le Champi，1850），可以说是她的所谓阶级消灭论的最平面化的代表作品吧。

这里，有一位反对乔治桑特的理想主义，而倡阶级对立的女性。

佛罗·托里斯丹的名字，不很为人知道。在法国劳动史中，稍能看见她的名字。但在文学史上，可说是全然被抹杀了佛罗·托里斯丹。

佛罗·托里斯丹,原名 Flore-Celestine-Therese-Henriette Tristan Moscoso,是与乔治桑特同一时代的女性。她仅比乔治桑特大一岁。1830 年 4 月 7 日生于巴黎。

生来的她,就为数奇的命运所播弄。父亲是贝尔名家出身的大佐,母亲是在大革命中,亡命于西班牙的法国人。依于这些,颇似萨基斯元帅的曾孙。

而且,最初的出发,就开始于结婚的失败。因此,成了个澈底的因袭的敌人,妇女解放主义者,她和乔治桑特,可说是一对绝好的双璧吧。

乔治桑特与托里斯丹之间,只有对社会的见解不相同。在前者,相信社会的和平,是由于人间享有的美好之爱而结合的;反之,在那终于一生"无藉者的遍历"的后者托里斯丹,认为社会很明白的是二个对立的阶级。

劳动者!你们的无力与不幸,是由于分散的缘故哩。
劳动者们哟,团结起来吧!

"劳动同盟"最初发表这样的小册子,是在 1843 年 6 月 1 日。从时日上来说,很明白的,是早于"The Communist Manifeat"。固然,托里斯丹是有像 Marx 与 Engels girl 的"二个对立的阶级,依于必然的结果而斗争"的认识,但却没有那终结的明确意识。

可是，托里斯丹所描写的劳动者的团结，是"不问地球上的一切国籍与男女"的。

　　劳动者的团结，是英国、德国、意大利的主要都市，约言之，为着使欧洲诸国首府的，欧洲全土的男女劳动者加入"劳动联盟"，不能不有一个联络机关。

在这里，她为国际主义的先驱者的面目，明明白白地表现出来了。

托里斯丹大概又是发表"无产者"小说的最初一人。"Prolétaire"的标题，被用于小说界的，也许以她为嚆矢吧。*Méphis ou Le Prolétaire*，是1838年发表的。此外，她虽还发出许多小说的预告，可是，都没有达到目的。

这 Méphis 在文学上，是没有价值的。内容太杂了。这空想小说，是受了杂牌作家的影响的。充满于这里面的思想，当然是她的女性观与她的社会主义，但是，那题名"无产者"的定义，却不很明白。

可是，这个不一定是作者的罪过。在当时，Prolétaire 一语，不像今日似的使用，因此也不能够给予明确的定义。

　　这小说的主人公拉巴尔，为一时的大银行家；可是，自认为无产者，即 Prolétaire。这"民众的公仆"，羁缚于贫困生涯的主人公，由种种自个的辛苦，感到了阶级全体的苦痛。

而且,暗示了不依存于劳动者的自觉与职业教育的生存权之确立,社会解放是不可能的。就是这一点,"Méphis"便可说是伟大的社会小说。

"Méphis"的主人公,夸其生长为民众的公仆。那时代,"民众"一语,完全没有人说。"到民间去"的呼声,是由米修烈(Michelet)喊出来的。现在,人们是不读它了。可是,在那时候,欢迎卡贝(Cabet)的《伊卡里纪行》,雨金涅·修(Eugène Süe)的通俗小说和《漂泊的犹太人》的人,不独没有不读它的,而那异常的销行,就在出版后的数年间,继续畅销一点,也可以知道。

这样,空想的社会和下层社会贪恋一般的读书热,是给了舆论不少的动摇。民众于是感到人道主义与伤感主义及其他,只是个不完全的东西。民众是受了革命的煽动了。所以,以劳动者为主题的小说,可说都是这时代,即第二帝政时代的产物。

这第四阶级,可以说是觉悟了的,即是认识了资本主义的确立。随即跟着19世纪末叶的接近,文学家的社会观也改变了。由深刻的下层阶级的解剖,火势地移到痛烈的布尔乔亚社会的分析,自是必然的结果。

不待说,弗罗贝尔(Custave Flaubert)无惮忌的定义"布尔乔亚是卑下的人"。19世纪是呈现着如是观了。即一方面对布尔乔亚社会的;而在他方面,是下了文学的总攻击。

巴尔扎克(Honoré de Balzac)与左拉(Émile Zola)被做了负担这大舞台的代表巨匠(关于这二位的个人研究,请参照《法国文学篇》)。巴尔扎克与左拉两个以上的作家,是没有的。

由《社会运动史》与《国际事通》而出名的鲍鲁路易,在《巴尔扎克与左拉的作品所实现的人物》一文中,比较这两个人。

巴尔扎克与左拉,虽然所表现的年代是不同(前者是王政复古时代,而后者却是第二帝政以后),可是,同是属于法国社会的进化(Evolution)一点,仍然是互相酷似的。

究竟,巴尔扎克与左拉,是相差了半世纪的;前者是由"人间喜剧"(La comédie humanie),后者由"Rougon-Maquarts"描写那通过选择的财阀、军人、僧侣、农民、劳动者,一切层的典型社会人之各阶级层的特异性。

固然,在两者之间,社会观是有显著不同的。巴尔扎克的"万事都是金钱的世界";反之,左拉是"为着金钱是敌"的阶级斗争。这就是说,巴尔扎克在法国文学上,印下了巨大的足迹,那是不能抹杀的。这不是依于文学家,时代的Panorama最初浮现于眼前,而却是由于如像巴尔扎克与左拉一样的作家之出现,作中的人物是由从来的木偶剧(Marionette),背叛了社会空气,而把环境活现了。换言之,由于这些作家,而确立了文学上的社会观。

没有人不知道巴尔扎克与左拉的,可是,知道华列斯(Jules Vallès)的人,却很少。同样,没有人不知道罗斯丹(Edmond Rostand)与柯勃(François Coppée)的,但却没有人知道蒂里哀(Tillier)与克拉德尔(Claudel)。

为什么呢？"因为华列斯是过去巴黎公社的委员"——"新兴文学时代"的著者普拉(Henri Poulaille)说。华列斯是个对布尔乔亚的神圣教育与家庭，始终一贯的叛逆者。

生为教育家的儿子的他，最初为着继续父业而游学巴黎，但是，父亲的惨败现实的悲哀，给了他若干的幻灭。当时燃烧着打倒第二帝政的潜行运动，一步一步地，把血性的他卷了进去。十七岁就成了一角士斗的他，从此以后，牢狱就变成他的家了。在巴黎公社，他和克尔贝(Gustave Courbet)等都是相当重要的角色。自生以来，他一向的经纬，都可在《少年》《专门学校毕业生》《暴动者》三部作的《乔克·温托拉斯》中窥见。

在日本，米修尔(Louise Michel)的《拉·柯姆妙奴》确实是有过翻译了，可是，对于华列斯，至今是连这名字也还没有人介绍过，这实在是对战斗的新兴文学的遗憾。

普拉把斐里普(Charles-Louis Philippe)和路那尔(Jules Renard)列举为华列斯的直系，或旁系，而指摘了 Bubu de Montparnasse 与《野鸭日记》的共通点；可是，从文体上说来，不是与巴比塞的 Clarté 很接近吗？总之，华列斯的任务是伟大的。

至此，我们想起了那时候的文艺运动之一般。

浪漫主义的反动产生的写实主义的萌芽，是从1850—1870年。可是，1870年(即巴黎公社前后)到1885年，却是那运动的绝盛期。这是所谓自然主义的时代。但是，极度的科学主义文学，更产生了反动的"为艺术而艺术",即是创造了艺术至上主义。这样,象征主义是约继续了十五年(1880—1895年)。其间,布尔基(Paul Bourget)的心理派的抬头,是在1890年。那时候,仿佛感到唯物史观的文学是一时完全被封锁了。

那时候,政治的混乱是极度地混乱了文坛。Dreyfus事件发生了。而且,这波纹使文坛上分成了保守派与非国家主义者很明显的对立。属于前者的,是蒲石(Bourget Paul)、巴列斯(Maurice Barrès)、卢美特尔(Jules Lemaitre)和多德(Leon Doudet)等;后者是左拉、米尔波(Octave Mirbeau)、狄卡夫(Lucien Descaves)等;大有再建自然主义之感。法朗士(Anatole France)和年轻的罗兰(Romain Rolland),当时也为自由与正义而奔波。

Dreyfus事件,把文坛上的思想分成了两派。依于邻列斯,在文坛上叫作社会主义的,是这时代。别一方面,贝里洵(Raterne Berrichon)、安·里涅尔(Han-Ryner)、纪德等,还是无政论主义派的作家,而在当时尚未出名哩。

不明其妙的,便是夏列司·培基(Charles Peguy)的存在。1900年,他以社会主义者而自任。他的毛病,即虽是反宗教主义者,而却是一个大爱国主义者。他是个生来的神秘主义者。虽然这样,但互于罗曼罗兰前后八年的"托里斯托夫",却是在他主编的《隔周杂记》上出世的。——光就这一点看来,他的功绩是伟大的。

1900年前后,是社会主义的勃兴时代。同时,也是叔列尔(Georges Sorel)的时代。Syndicalism的理论家叔列尔,又是提倡"从社会嗜好品的艺术,生产生活即艺术",即"导于人间生活第一义的劳动爱上,为艺术的创造"的一人。在这点上,是刘西安·约汉(Lucien Jean)的最好介绍者。

或者没有叔列尔的直接影响也说不一定。但是,像这样的作家,是在"音调文学"的开拓者鲍涅夫兄弟(Les frères Bonneff)、安普(Pierre Hamp)及"诅咒时代"的诗人马尔基涅(Marcel Martinet)等之上的。

19世纪末叶法国政局的混乱与不安,使当时的绝望的时代,分成了几个小集团。有的是为了努力于文学而结合的,有的是为了彼此的思想相同而结合的。

这样的代表,例如,在罗曼(Jules Romains)、维尔德拉克(Charles Vildrac)、宝尔坦(Luc Durtain)的僧院派里,我们又看见卢美(Louis Loumet)、斐里普(Philippe, C. L.)和刘西安·约汉的 *Auglo Group*。

我们在此有特别一说的,即为中部法兰西木靴匠的儿子,贫弱的斐里普(他的祖母是丐食生活的),应该是天生的穷人艺术预言家。

> "我们的长辈,都是富家出身的;可是,我却不是与他们合得来的人。"这是斐里普写给他年轻时代的朋友的信。"我将来能够不能够成为伟大的作家,是不知道的;但是,至少我们认为可以成为一个基督未诞生前就预告了的,传了那教的,一个小小的预言家。"

所以,夜的作家马尔基涅,关于斐里普的任务这样地说了。"如果他是做了不完全且未完成的东西,即使光是试做了那艰难的努力,也可说他是为普罗艺术做了最初的抛砖。"

固然,在今日尖端的时势上,斐里普的作品虽是普罗的,但甚不成熟。可是,在他周围的文学——布尔乔亚根性的万能中,而他却明白地指示了为阶级之子而生的阶级文学之到来。就此一点,也不能不说他是一个进步的作家。

1914年的欧洲大战,因为鼓吹爱国主义的狂风,一时便把社会主义文学的任何部门都拆台了。而且,微弱的人道主义的萌芽,是在1916年。关于罗曼罗兰的诸论文,巴比塞的《炮火》、都亚梅尔(Duhamel)的《文明》、特尔休列斯(Dorgelès)的《木十字架》、威尔特(Werth)的《兵士克拉飞尔》等,请参看收在《现代世界文学篇上》的中村星湖氏的《战中战后出现的作家及其作品》。

欧洲大战的结局,必然的结果,是非战文学的洪水化。这现象,在过去普法战争以后也曾有过,并不足以奇怪。莫泊桑等是在那意义上的伟大的反军国主义者。像在这次的非战文学中,如果说有什么优良之点渗入了进去,那便是国际的(International)思想。固然,在这里,也不能说没有受着俄国革命的直接影响。不过,过去的启蒙运动,革命作家的国际团结等,也是不能辩争的事实。

那么,法国左翼文学现在是怎样一个倾向呢?

老实地说,苏联文学刚才浸润着的这一国家,如果用别的尖锐化的各国眼光来看,那是极不成熟的。

这是因为一方面,法国这国家,生有嫌恶外国文学的癖病,很不容易驯服;特别是,为着受了悠久的布尔乔亚文化所种下的痨病,不能拔去的公式主义学的祸根。

现在略谈这国文学的特质,聊以当作社会主义文学现象的结论。

总之,现代法国文学的倾向,无论在它的思想上或形式上,都是适合于一定型的文学。在所谓美学万能的文学一点上,是一个公式主义的文学、个人主义文学的典型。可是,若依于新进论客贝尔耳(Emmanuel Berl),即是为着美学的缘故,是那象征主义倾向的文学。Comperism 的文学,这是世界大战前后,风靡这国度的文艺现象。这又是由于建筑在普莱斯脱(Marcel Proust)的黄金时代所做成的。

从这时候起,从对面感到反逆这拘泥主义的,是酩满了 Treud 之流的一群年轻时代,即是超现主[义]的人们。可是,感到克服这些人们从来公式主义的,是那破坏欲迎合 Modenism 的尖端。

这是怎样说呢? 那不外乎战争后的经济恐慌,及由这经济恐慌所起的社会动摇,Ultra-modenism 的 Dadaism,在必要之上,激成 Surréalisme 破坏的陶醉。这至少是第一期的 Surréalisme,且在以 Onginality 看为艺术最高峰之上;那倾向,是不能否认本质的个人主义文学的证据。是的,就是这一点,抓住了社会的一角而钻进到心理分析的技能,是他的特长。

可是,依于财阀封建主义所确立的"秩序的安定",在文化的领域上,暂时不得不以小资产阶级的一切创造力,从事于新的建设。并且,现在展开在我们目前的那文艺的工程,大概有了下面的三种手段:

一迎合尖端 Modenism 的 Marxism；

二复兴尖端 Modenism 的公式主义；

三为尖端 Modenism 之反动的 Populism。

为金融资本不安定时代产物的 Surréalisme 与其一党，现已清算 Auarchism 吗？是的，仿佛是已经清算过了。依据最近普尔顿（Breton）发表的 Surréalisme"第二次宣言"：

"超现实主义，我敢说，不是反对唯物史观说与辩证论的。不仅如此，恋爱，梦，狂乱，艺术，宗教，不是谁也不曾尝试吗？在这些方面，做有系统的研究，这才是很明白的 Marxism 的扩大化哩。"这就是迎合 Marxism。

其次是恢复了公式主义。今日的文学，若不能无视经济的社会的情势，则资本主义的不安定，反而促进一部尖端左翼的安定也未可知。我们在阿尔兰的作品里，看见那倾向的特色。1929 年度龚古尔奖金的受赏者阿尔兰，由于自己所有的"秩序"，而最先恢复了 Confirmism 的秩序。并且，在这契机上，以此为"安定的文学"，"通奸的文学"，现在正当在法国时髦地流行吧。

由忒里伏、卢莫尼亚等所提倡的 Populism 运动，冒眼一看，在着眼于全社会一点上，至少可说是 Surréalisme 的反动（Reaction）。Populism 是比什么都更首先目标于文艺单纯化的，可不一定要做左拉的复习运动。Populism 对于近年来露骨倾向的美学文学，如其名所指，是本领于"到民间去的艺术的"。即是,描写民众的习惯与生活,固然在把现代民众实生活及心理描写,希望置于普遍的劳动者、勤劳阶级一点上,可说是自然主义运动的扩大。就是在这里,现在便是一个扩大化的繁殖。

但是,Populism 的倾向,真正是健全的吗?

这是最后给予我们的课题(Thema)。

反之,阿拉比优在巴比塞主编的杂志 Monde 上,站在 Marxist 的立场上批评说,作家不单是"描写民众"。左拉不是为了"要小说的材料"到民间去的。像忒里伏一样,因为下层生活描写,不适于时代,这次便描写现代 Salary man 的一典型。依于巴黎郊外的小银行员为 Model,而所为的能事,是 Thomas Cook 的社员,使旅客叫一声"啊啊"的目的,而不变其置眼于皿中,渔猎世界的兴味。左拉所希求的,不是个人的兴味,而是全人类的活动,活动的社会力量。这种活动,究竟发现了它的力的根源,是在斗争的形态上。

左拉的伟大,是在手工业时代的世纪里,早就看透了今日产业合理化时代的那眼光的锐利。

没有斗争,不得有普罗文学的发展性。在这里,有为描写病患者的 Populism 的破绽和危险性。

以上,都是 Populism 的批判者的话。

这论争,是反返于现在法国的社会主义文艺。可是,像俄德和日本一样实现的普罗文学那样尖端的文学,却还有许多不及的地方。

但是,这状态是永远的继续的吗?一切常到末路时,忽然间,不知道什么时候就跳出一个杰出人物来的法国,谁也不能断言这个奇迹吧。

还有,应该说的许多农民作家、诗人、女作家及戏剧运动等,可是,为了篇幅所限,在这里不能不搁笔了。这实在是一件遗憾的事。

参考书目

Henri Poullaille:*Nouvel âge littéraire.*

Florian-Parmentier:*Histoire contemporaine des Lettres françaises de 1884 à 1914.*

Albert Milhand:*La Lutte des Classes à travers I' Histoire et la Politique.*

石川涌　译:《史的唯物论下的文学》。

草野贞之　译:《新兴法国文学》。

(小牧近江　原作)

第三节　德意志的新兴文学

在文艺的领域上最重大的事件,就是平民文学,即指站在平民的立场上,观察世界并且形成的文学的发生。平民文学,是叛逆现存世界的,是唤醒持有热血头脑的人的叫喊,是唤醒具有胸胆的人们的叫喊。

> 现在的布尔乔亚作家,使艺术退化成为无甚可爱的社交游戏了;贪恋着白日的梦,而在大道上逛着过日。再不能做出那合齐步调而前进的事了。像这样,他们是断念于给予历史的创造了。
>
> 20世纪,是帝国主义崩溃与革命的时代——这个我们的时代,是强制的使各人决定其态度的时代。这是我们大家都知道的。即使地位不同,各人也不能不表明各自的态度。"超然"的东西,是不存在的了。布尔乔亚和平民两个阶级,行着最后决战的现在,更是这样。离开时代而逃遁,那是不可能的。由你口里说出来的话,假令你说的是星,也都要受一切阶级所限制。如果你是沉默,我们要问你,沉默着什么? 在你心中,阶级是沉默的。你也就决定了沉默的态度。
>
> 新兴文学,若没有平民诗,也就没有同情的小说。在穷

人的贫困中,没有流泪的事。也没有像那复决检查簿时一般的静观态度,来扯开战争之页的。在打鼓般的炮火中,市街战里,这文学在新鲜的检阅下而成长了。这文学对榨取与战争的回答,是行动的解决。平民阶级的革命文学,是歌着阶级的爱,阶级的憎恶。"对布尔乔亚战争!"——是在这口号下进行的。

资产阶级的文学家们,把现存的事实,汲汲于"命运"中,虽然喋喋于如何的深奥,可不能将我们永远包围在这个迷雾中。拖出永远等来的,在今日,是虽死也认为和他们一样。我们对于一切的"一般人类的事",是深深地怀疑着。我们把"人类"这东西,看为理想主义的亡灵。因为,所谓阶级的实在,不过是在什么时候便要消灭的东西。

在我们,认为艺术是个责任很重,且亦极危险的东西。艺术是一个闯入者,破门而进的;同时,它鼓舞着不接触政治日常斗争而隐眠着的人们之感情。在这里,这个艺术之道是开通了,这艺术,嗅出了感情,而运动移转这感情的艺术,是注入到血液中去了。而且,人是防止窥视广告塔的。这艺术,是全体的活动。竟至于迫近到最无意识的,及最内则的感情劳动。

世界大战结束了。可是,我们归家不得。我们回到故乡,已经不是我们的故乡了。我们为兵卒尚活着,是在阶级的战线上而继续战争了。

我们在这里,即在战线中的一部分的德国战争。我们是不能再依恋文学了。不能认识为艺术所区划的自然境界,竟至到难于拯救的我们,是不能魅惑的狂信文学了。在必要的时候,无论何时都在文学的领域外,将我们在重要的地方而尽本分吧。我们的文学,不是邋遢皮肤和使骨头软化的腐败的死水;我们是一个运动,把或物破坏而不止的突进潮流。

我们不化假装,我们的一切都已经明白。可是,我们还不能不打破包围我们自身的若干幻想——这样,我们是更要采取强硬与明确的形体吧。我们不要拿什么给你看,羁缚你,把你引到什么地方去。我们告诉你,起来,我们的世界就在前面——还没有受挫折的许多人,苦恼着腐败状态的许多人,我们,我们的世界是在未来,而且,为着我们的这个未来的世界,提出赌生命于斗争的那个有价值的证据来吧。

以上,是从德国平民作家同盟委员长哈涅斯·益尔·毕贝尔,写在同盟的机关杂志的创刊号的卷头论文《我们的战线》里引出来的。现在,德国的新兴文艺——以下概作言语的严密意义解——所目指的地方,依于这些,我想,大略已经明白吧。

回溯一世纪以前来看吧。新的工人阶级在历史的舞台上出现,是在1830年代,在那个时候,我们已经承认德国社会主义文艺的萌芽。克尔柯克·比由涅尔(1813—1837)的《乌柯依兹克》,便是一例。这是极断片的未完成品,完全是 Scenario 风的恋爱悲剧。但是,在那里描写的人物,深刻地叙述了由封建时代到资本主义制度的过渡期间的不正与贫穷。同时,也是普罗列达利亚特的命运,表现于舞台世界的最初作品吧。

当时的德国,还没有社会主义的运动。1843 年,离开"Rheinische Zeitung"的马克斯还不是共产主义者这一点看来,就很明白。布哈涅尔于 1837 年(二十四岁),在瑞士亡命中死了。若现在十年乃至二十年还生在,这事情,在他就常常可以听到;可是,恐怕还没有完结萌芽的时期,就完成了堂堂的社会主义文艺吧。

以下,我们从社会主义运动的发生时代,到现在帝国主义崩溃的时代止,在那历史的事实中,来看德国的社会主义文艺吧。仅仅依据这些,就可以说明真正的德国社会主义文艺吧。

19 世纪最伟大的社会主义的抒情诗人,现举出三位来说吧,即海涅(Heine Heinrich,1797—1856)、弗莱里拉特(Freiligrath Ferdinand,1810—1876)和赫尔夫克(Herwegh Georg,1817—1875)。

海涅和马克斯、拉萨尔及贝尔涅一样,并列为德国思想史上演着不灭任务的四个犹太人中的一个人。他,特别是为诗人的他,已经是有过许多的介绍了,现在就在这里省略了吧。可是,依于那些介绍,即海涅是歌"悲恋与紫色的堇"的诗人。因此,"结局在他的本质中,是可怜的小市民的东西"。对于这发现的置力点,想依据一二的引例,试为他辩明。

海涅就是为艺术家,也有显明的主义。他的诗人生活,竟至德国所有的古典诗人所没有到的,许多古典诗人之可悲的德国遗产而在那生涯中必然经验了的,这变节的事,他是不知道。在德国地下生活而被放逐的他,依着"无限快乐与诗,强剑与焰",而飞到当时政治上,为世界中心的巴黎去了。他对着王侯、贵族及俗物市民们,做了极大胆的攻击,更对近代的布尔乔亚社会下了批判。以他不灭的论与诗,做了普罗列达利亚革命的预言者。

弗莱里拉特(Freiligrath Ferdinand,1810—1876),是巧妙地反应由重商主义移到资本主义去的当时的德国诗人。作为殖民地产物商店员的他,1835年(这年德国最初敷设了铁路)发表了题为《骑在虎背上》《旅行家的脸》《黑人王》等许多童话的华丽诗。可是,这种豪放的Exotic的浪漫主义,晚年他自己也正当似的说了"在根本上,仍然是革命的。这是对于没有气概的诗和没气概的社交性的决定的反对物"。向着椰子树繁茂的南方而歌大洋汽船的这位诗人的眼睛,不久看见了名为德意志的汽船。在那里,称为国王的船长,将无数的民众作为奴隶而令其工作于船底。《从下至上》《哈尔兹的农民》《西列加山地的织匠的儿子》等政治诗,是这样写的。

亡命于国外的他,1848年的革命起来时,到Rheinische地方来参加革命运动的他,做了"新Rheinische新闻"之编辑的一员。在翌年5月19日发行的这新闻的停刊号(有名的赤色号)里,登载着马克斯给劳动阶级的警告文;同时,也登载着他的美丽的送别歌。随着反革命的胜利,他再亡命了。约在伦敦过了二十年的亡命生活。枯竭了飞沫般诗泉的六十老人的他,移到南德意志,同着俗人们做着诗的碎卖而渡过了其余生。但以过去曾赠给1848年于柏林代替Barricade的毙者而遗残生的人们同样的意义,赠送1870—1871年的战争,在法兰西战场上如霜露般消失的无名死者之歌,是不能忘记的。

成为杰作的,除现在被举出的《由死者到生人》(1848年)之外,有《信条告白》(1844年)及《萨拉》(1846年)。

赫尔夫克(Herwegh Georg,1817—1875),以《生者的诗》(1841年)为顶点,此后的作品,都更显明的恶劣。1842年,他做了为诗人的未曾有的凯旋旅行。也谒见了普鲁士王。他的破绽,在他以后出版的《生者的诗》的续卷(1844年)中,就能明白地窥见。被普鲁士官宪逐放的他,在巴黎住了五年。当1848年革命的时候,同着巴克宁(Bakunin, M. A.)组织武装的团体,而想侵入德国。马克斯反对这种企图,但他不听忠告,统率着革命军,竟进军到德国的国境。可是,这次是完全失败。再亡命到泽利希。后来参加拉赛尔等的劳动运动,作了全德意志劳动者联盟的联盟歌。

政治诗有《由地上拔起十字架》《给普鲁士王》《憎恶的小曲》等。被批评为"煽动(Demagogy)的真正艺术作品",是很适当的吧。但是——Mehring, F.也这样的说了——赫尔夫克决不是小诗人,而却是在七月革命与二月革命(德国是三月)之间,捉住了国民激情的真正的诗人。

乘着了世界不绝动摇——1848年的革命——的波头之一的,即是上述的三个诗人。此后,到最近的大战,凡八十年之长期间的德国文学史上,我们是连一个社会主义的作家也找不出来。

诚然,古兹柯夫(Gutzkow, K. F., 1811—1878)的大部时代小说《精神的精士》(1850年),克列兹亦尔的小市民小说《二个朋友》(1879年)、《衰落了的人们》(1883年),荷尔兹(Holz, A., 1863—1930)的泼辣的处女诗集《时代的书》(1885年),夏尔夫的若干诗集《五月纪念》(1895年)、《劳动者》(1896年),霍甫特曼的两大革命剧《织工》(1892年)及《卡亦尔》(1896年)及其他,这许多作家的作品,都是不能湮没的。但是,古兹柯夫的这长篇小说,不过单是模仿左拉。克列兹亦尔是描写没有何等斗争的阶级意识的小市民的环境。荷尔兹的处女诗是终于"青年的叛逆心"而缺乏形式的新奇。夏尔夫的诗,只是歌赞劳动的美与叹息。霍甫特曼的劳动者及农民暴动剧,重要的也是以作者的同情做起点。

在这长期间,为什么不能产生出伟大的社会主义文艺呢?这理由是当时德国的政治与经济的状态,只是这一点,就够明白地说明了。我们来极杂驳地给它一瞥吧。

从三月革命到欧洲大战的这期间,是德意志帝国发展的过程。那起先开始的,不外乎产业主义的凯旋行列;到20世纪,为判然的帝国主义出现的德意志资本主义的伴生。

1848年,劳动阶级的败北,是"从1849—1859年这十年间的特征带来的无感动"。但是,这其间,产业成功了未曾有的发展,劳动阶级的穷苦是一点也不减轻。布尔乔亚和平民阶级对立,是更加深化了。1862年,俾斯麦克做了普鲁士的首相,适应德国布尔乔亚的利害关系的政策,即依"血与铁"的德意志帝国的统一,是由平民的出费而着着实现了。这个德意志的新兴布尔乔亚的观念体之进步,成立了"德意志的民主主义"。

1863年,由拉赛尔的努力而成立的劳动者的政治组织"全德意志劳动者联盟",在他死后(1864年),也因绰号"俾斯麦克党"的休夫依尔与里普涅特之间,发生了重大的不同的意见而陷于分裂的危机。休夫依尔不独踏袭拉塞尔的战术,且在那主笔的联盟的中央机关报上,公然揭载着阿谀俾斯麦克的论说。里普涅特依马克斯与恩格思而被支持。在后来(1869年),他同贝贝尔组织了独立党"全德意志社会民主主义劳动者联盟"。这一派——称为阿赛娜瓦派——采用了"International"的纲领。

1866年,普鲁士与奥斯特尼亚之间发生了战争。奥斯特尼亚是被德意志联邦驱逐了,而普鲁士成了北德意志联邦的盟主。特别是"世界史上最大的欺骗者的一人"俾斯麦克,像侵略者似的向着拿破仑三世动手打起仗来了。没有准备的法兰西军,即刻就败了。德意志自由主义的布尔乔亚,更加暴露了那伪善的态度,而强行阿尔萨斯与罗林的合并(1870—1871年)。德意志帝国于是确立了,那资本主义渐次进到了帝国主义的阶段。

由于1875年的"Gothaer大会",德意志劳动阶级的两政党,即拉赛尔派与马克斯派的结合,而现在的德意志社会民主党,遂确立了。

但是，那时候所采取的"Das Gothaer Programm"，是马克斯主义和被歪曲的复制物的所谓拉赛尔主义的贫弱妥协。感到结合之必要的马克斯与恩格思，当然，对于这合同的理论基础恶劣的纲领，他们是反对的。

由于这纲领而确立的德意志社会民主党，不外找着了"精神的悲剧历史"。特别是在数字上，确实地"发展"了。例如，1871年德意志帝国国会的最初选举，不过获得了十万票的德意志劳动者政党，1874年是三十五万票，1877年是五十万票，而1878年，虽然发布了《社会主义取缔法》，可是，1890年获得了百五十万票，1912年是四百二十五万票。相应于这个的，即使劳动者的生活向上的许多改良主义的政策，却不争求实现。但是，这些事实，相应于德意志资本主义的发展，而增大的普罗是失败了，这是社会民主党的指导者们的优秀战术的失败。

那为指导者的一个贝贝尔，例如，在1880年的议会对德意志的敌人的战争，他演说的是，对社会民主主义的祖国之义务。尤其是，1891年党大会所采用的"The Erfurt Program"，是由非斗争的、非革命的、形式民主主义的"马克斯主义的"操觚者 Kantsky, K. J. 写的；依革命的权力之强大的夺取可能性，在过渡期的独裁等思想，是完全剥脱去了。

对于这国家的，爱国的改良主义，党内当然是反对。俄国第一革命（1905年）后所形成的极左派，是其先锋。那力量是太过微弱了。这样，1914年欧洲大战发生了，德意志社会民主党，在后来，除结成德意志共产党的极少数之例外,完全参加了"祖国防御"的战争,完全出卖了各国的普罗列达利亚特。

要之,三月革命以后,到近于欧洲大战的这长期间,德意志的劳动阶级,是继续过的灰色日子。就连巴黎公社(1871年),也不能打破这个单调。而且,在革命的话语中,仿佛含着倦怠的音响。没有燃烧似的斗争意志的地方,怎么能够兴起社会主义文艺!

他们做过了种种的尝试。譬如潘士·兰德(1861—)的《新神》(1890年)、《母权》(1893年)、《罪》(1902年),威尔海伦·海格莱尔(1870—)的《光明的日子》(1898年)、《母亲陪尔特》(1903年)、《焰》(1905年)等就是。这些作品中的一部分,在印成单行本之前,曾在与党有关系的杂志上发表过。但是,对于优秀的外国作家的平民文学都那么不能宽容的读者——劳动阶级,怎么能够满足于这些作品!可以宽容的作者的动机,也因为对近代平民的生活的无理解,而给予相反的效果罢了。

其他"倾向的"作品也是同样的。勃兴于[19世纪]80年代的自然主义,强烈地影响到这些作品。自然主义是进步的小布尔乔亚为着要把自己从增大着的资本主义社会的矛盾中解放出来的尝试。可是这种尝试不是针对着依存于其矛盾的生产的根本关系,愈加蹒跚地陷进绝望的深渊里去了。所以美丽地开放的德国自然主义的花,也渐次走向凋谢的宿命。而到了20世纪,就变成神秘主义的象征主义了。它(自然主义)看见了今日的贫困,然而,在那里却不能看见明日的希望。"倾向的"作品因为不能脱出自然主义的世界观的影响,所以没有受到正在燃烧着鲜明的反对帝国主义战争的斗争的平民的光顾,也是当然的事。

担负创造将来的历史的平民,对布尔乔亚的斗争是那么困难,对明日的希望是那么的大。对于和这种希望相应的艺术的要求,许多以前就在平民之中生长着。1875年的"哥达大会"上,劳动阶级的艺术教育已经成为党(指社会民主党——译者)的问题了。

此后,《诺恩·维尔德》《诺恩·乍依特》《凡尔维尔兹》等党办的新闻杂志上盛行地讨论平民文学问题,而且由党的优秀理论家梅林格(1846—1919年)所指导,是非常幸福的。作为马克斯主义艺术理论的创始者梅林格,就说他足与蒲列哈诺夫比肩,也不会过言。此外,克拉拉·遂特金(1857—)也出了虽然在量的方面很小,却含着极多暗示的论文《艺术与平民》。最有兴味的是革命后的苏联热烈地论争的平民的"文化遗产继承"问题,在这十年前出版的小论文中,完全解决了。这可以证明欧洲大战发生之前,德国的平民艺术理论已经颇为发展了。

近代平民对布尔乔亚的斗争不限于所谓政治的及经济的方面,而且它的社会主义世界观,他的自身是作为完全的一体,对立于布尔乔亚的世界观。而且不单是对立,还超越了他系于光辉的未来。所以缺乏"喜悦的斗争要素"的一切艺术,和将倾向(思想)强制于艺术中的东西一样,跟近代平民隔离得很远。同时代的社会主义的倾向作家的作品和歌德、释勒的作品比较起来,他们更爱后者,是因为在这些古典艺术里面,打破封建社会的桎梏而探求新的自由世界的伟大的真实的欲求,盛在相应的形式之中。古来的伟大的艺术,必定没有缺少这些要素。"德国劳动者运动,实是德国古典哲学的继承者。"同样的,所谓德国古典艺术的继承者的意味,也是这个缘故。

那么,一切革命阶级所通有的乐观的斗争精神以及盛新酒的新皮囊,即艺术形式,在什么地方去探求好呢?伟大的革命时代,必然要产生新的艺术形式。这时期(三月革命到欧洲大战争)和上面说过了的一样,是和单调的灰色的日子相始终的,所以不能发现伟大的社会主义艺术。可是苗圃却已经准备得很好了——现在,和述过了其概略的平民艺术理论一样,即是为了这苗圃而平下了地基。——假如灰色的日子要暂继续下去,那么社会主义文艺就会发芽展枝吧。但帝国主义战争到渐次地显示出难以避免的兆头——摩洛哥问题即此一端——各国的社会民主主义的政党,转变成爱国社会主义而迎合着布尔乔亚政策之中,"伟大的时代"不是将要走近来了吗?

世界大战及其归结的革命,是否使革命的普罗列达利亚特的社会主义文艺开了花?否,事能在一见之下是完全采取了别的方向。

大战之前已经可以体认出来的倾向,小布尔乔亚的利害未必和大布尔乔亚的利害相应,却是矛盾的倾向,伴着大战的进行渐次地到来了。这种小布尔乔亚的知识阶级,掀起了新的文学运动。《暴风》(1910年创刊)及《行动》(1911年创刊)两个周刊杂志最先出现,在大战当中,多数的杂志和集团产生了。此外,包括在表现派的名义下的无数作家,各各都在从事于工作,是无须乎说的了。

这些新文学的内容,总而言之就是人间——并不是当作特定的现实,而是当作特定的目的的人间——为要达到这一目的,为要把文学革命化,就不能不把"艺术政治化"。在这里年青的文学家都差不多完全一致。不过在政治性质上的主张,他们的意见却不相同。那时在德国的东西已经炮火交加,毒瓦斯飞撒,每天有众多的人死亡了。

现在将其中做着最强大的运动的《行动》拿来看吧。这个集团(其中有彭菲而特、耶仑休泰因、伊凡果尔、鲁比勒尔、弗南兹戎克等人)是站在革命的社会民主党的立场上。当1918年革命之际,和斯巴达卡斯团平行地进行工作。可是,到了斯巴达卡斯团变成德国抗闵党(同年末)后,这个集团就渐次失去精彩了。因为"暴风与狂飙"伴着斯巴达卡斯团一块儿去了。共产党所采取的严格的规律,是他们的敌手。此后,这一集团,即行动派的一些人,就跟政治——连他们的"政治"——离开了。剩下来的彭菲而特等人,带着无政府主义的色彩。

从当初起就很少牵入政党关系以及政治关系的另一集团,从这里也就很容易推测它的行踪了吧。

要之,大战当中他们所想像的事情之一,即最伟大的文艺(即是除了社会主义文艺以外没有别的东西)的建设,在现实上遇着了意外的坚强的革命,便立刻像泡影般消散了。这样,社会主义文艺,因为这些所谓行动主义者之故,遂没有完成。

然而,在这伟大的时期里,革命的普罗列达利亚特,在那社会主义文艺上,一点儿什么也没有贡献吗?我们在这里不能找出积极的答案,可是,一方,对于前述的行动主义者,因为强制地显示平民阶级的现实,而间接地工作着;他方,虽不是大样式的东西,但从大战的堑壕以及革命的市街战送出了许多优秀的诗。

1918—[19]19起到[19]24年止,德国涨起了革命的氛围气。在这期间结束了以前作为行动主义者而活动的左翼小布尔乔亚作家的清算,少数的作家,加入了平民的阵列,而且劳动者也发表了一些作品。略略相当于1925年到现在的所谓资本主义安定的第三期这个时期,在我们现在所处理的问题之范围内,不过是这两种社会主义文艺之两个典型的发展的延长,这样的看法恐怕不会大过吧。

在小布尔乔亚的作家转变到平民方面来的一些人当中,最著名的是约哈尼斯·罗比尔德·皮赫尔(1891—)。多数的诗(最近的作品有《玉座上的尸》(1925年)、《饥饿的都市》(1927年)、《时代的真实生在战场上》及《在山荫里》(1929年)等之外,还有取材于毒瓦斯战争的小说《莱维齐德》。他说:"在今日,对于小说我觉得是一种迟钝的工作。"声明专心于诗的他,作为散文家也是一个难得的作家。

> 现在,作为散文家的约哈尼斯·爱尔·皮赫尔,是致力于革命的平民的一切散文家之中,最发展,而且最接近我们的作家。他知道社会生活和革命的辩证法,他不是把平民革命当作抽象的理想的,而且(是)当作现实的动力而理解。他清楚地看见革命的物质的基础的现象和技术的、工业的现实之发达,而且把这些和革命结合。

现在再举几个和皮赫尔一块儿编辑德国平民革命同盟机关杂志《左翼战线》的作家吧。克尔特·克莱培尔(1897—)是坑夫出身的作家,从无政府主义的倾向转变到抗闵主义的倾向去的。写了小说《鲁尔地方的防寨》之后(1924年),又创造了新形式(在那里没有主人公,没有故事也没有构成)的长篇《三等船客》(1927年)。爱力希·维尼尔特(1890—)是罕有的讽刺诗人,他的诗,远远地突破了海尔维克的样式。

此外,在社会主义的文艺中可以说是属于第一类型的,有新集纳主义者爱龚·爱尔文·基休(1885—)、批评家克尔特·克罗斯丁(1891—)等。

第二类型,即所谓劳动者文学,是纯粹从工场或其他平民的日常战线中产生出来的。这一类型还没有进展到创出独自的形式,可是,在这种作家之中"可以看出平民的阶级文学之萌芽,历史的,完全正当的萌芽"。

这萌芽是数十年以前莳下去的种子发出来的。那土地是广大而且肥沃。如果把那每个作品当作一枝一枝的嫩芽,恐怕有无数的嫩芽也未可知。但摆在我们眼前的,主要的不过是印成了单行本的极少数的东西。

诗集《使用空气榨压锤之时》(1929年)的作者爱米尔金克尔(生年不详,以下的作家亦同)现在还是一个化学工业劳动者。同是劳动者出身的诗人,完全从抗闵主义颠落到社会民主主义去的麦克斯·帕尔提尔的诗和他的诗比较起来,不能不看出了显著的对照。现在引用他的某处写的一段话吧。

> 我不能够超越了自己的党的政治工作,而感到自己是平民诗人。在这里(作为平民诗人——译者)我也感到自己是有阶级意识的劳动者党的一员!

同是化学工业劳动者潘士·罗尔培尔,出了题名为《醒呀!》(1928)的短篇集。"感到比知到还难。"可是罗尔培尔以描写化学工业劳动者的生活的短篇使读者感动,是获得成功了。

把这些作品比诸同样称为"劳动者文学"的作家,例如卡尔·布列克尔、海音利、莱尔修等的作品来,我们就会吃惊其间悬隔的巨大吧。

我们已经把现在德国社会主义文艺的两个类型分别地说过了。然而,这是从他生成的过程上看的,在今日,可以看出这两种类型,不久就要融合了吧。像卡尔·格留培尔克的小说《燃烧着的鲁尔》(1928年),在这个意味上是值得注目的作品。

最后提一提现在德国社会主义文艺的形式吧。革命阶级应该把一切传来的艺术上的形式及方法论的探求之中适应自己的要素,把作为自己的东西这件事,在实践中去试验,而且现在试验着。可是,"或者我们的沸腾的现实,不能够创造言语丰富,永久伟大的意味上的艺术,不过创造艺术,文学的形式上的宣传也未可知。或者我们不过能够利用新文学的形式,文学论所到达的极小的成数也未可知。

可是在这仅有的成数之中,即比较优秀的东西,要转变到我们这一方面来,又,那辩证法的意义对于社会发达之今后的阶段要留下了生气,是没有怀疑之余地的"。

这"沸腾的现实",即是阶级斗争,为了必然要到来的革命之广泛的大众的准备,走上革命的大道,在这里,我们现在有再回到这小论的开头而再三读读皮赫尔的话的必要。

(藤森成吉　原作)

第四节 俄罗斯的新兴文学

所谓新兴文艺,在俄国,自有知识阶级以来就有了。乌托邦社会主义思想文学出现于俄国,是在19世纪的三四十年代。可是,在这里,是想说经过伟大的俄国现实主义文艺的成熟期,而以[19世纪]90年代开始出现的Marxism为背景的新兴文艺。

这"新兴文艺",在1905年第一次革命失败后的反动期间,除高尔基和垒赛耶夫两人外,也都完全匿影了。这时候的俄国文坛,走到了象征派和都会文学的全盛期。真的,自1912年间,平民文学的萌芽显著地开始出现了。在1914年,波格达诺夫发表了《平民文学论》。但是,这些早就已经拿来与大战(革命)后发生的普罗文学运动联在一起研究的,且是属于现代文学的范畴哩。

在这里,本稿想专门介绍[19世纪]90年代的,而在升曙梦氏的概论里没有论及的部分。

1891年4月12日,当时的代表时事评论家雪克诺夫死了,在给他举行葬仪的时候,有许多大学生、女学生和劳动者来参加。这是因为[19世纪]60年代的雪克诺夫,在他那最后的10年间,确实正确地认识了时代的变迁,而在赞颂新时代到来的缘故。

在那最后的论文中,雪克诺夫叙述了次样的见解。

在新生的[19世纪]90年代的人之间,完全扫去了托尔斯泰的教理的一切权威;现在,新的个别的思想运动已经新兴起来了。[19世纪]90年代的人,早已完全与[19世纪]80年代的人不同了吧。而且,[19世纪]90年代的人,是"社会的事实,即在那论理的归结,与其自身应该追求的社会事实的研究上而出发"的。

达甫达里约夫在《论九十年代的毕德尔甫尔克的劳动运动》一书中,揭载着一劳动者关系雪克诺夫的演说。依那演说是,劳动者古尔布,对死在床上的雪克诺夫送着感谢之辞,而说是为欲在举行他的葬仪时,惹起对劳动运动的视听而去参加的。在这劳动者的话语中,确实听到了新的时代。

文学欢迎这新时代的到来,也反映那新鲜的呼吸。颓废派(Decadent)诗人巴里门特如次地写着:"民众忘记了太阳。把他们回到太阳之下去是必要的。"社会评论方面,这新时代的精神是最明了地出现了。揭载于《言语》(1878—[187]9年)和《祖国杂记》(1882—[188]3年)及《事业》(1880—[188]2年)等上的蒲列汗诺夫(当时用巴林基诺夫之名)的论文等里,表现的思想之流,就是现在也还明确地作为斗争的标语(Motto),搬进生活里而改变了有力的浊流。施特尔夫的《批评的觉书》、蒲列汗诺夫的《关于一元的历史观之发展的问题》、列宁的《论俄国资本主义的发展》、支干巴拉诺夫斯基的《俄国工厂史》、古尔伊基的《俄国农村经济状态》等书籍,成了有思想的男女学生必读的书。

同时,Marxism的定期刊物也发行了。《沙马尔斯克报知》几乎普及全俄国;揭载了蒲列哈诺夫有名的《伯林斯基论》的《新语言》(1897年),在当时的青年生活中,读那杂志是一件不可避免的事件。

其他,《原理》《生活》《北方的使者》等杂志,有时出现,有时被禁止。如像这样,至[20世纪]90年代的俄国文学,是完全起了新的倾向。

可是,另一方面,当时的和平主义者,柯蒲林斯基是如次地写着:

> 在欧洲,一切的事都是依存于大众;依于大众之助,拥护政治的收获。可是,在我们这里,却不要想这样的事。为什么?因为无论什么事件都与我们大众有关系吧。在我们这里,一切依存于官权。只有官权是难有希望的。因为,有时候自己也会把那个无意识地忘了。

在这旧态依然的俄罗斯式说教行着的社会生活的地下,厚冰之下,还没有明白形式的新希望与思想,渐渐地成长于强大的奔流之中,顽强地要求着出口了。1891年的大饥馑,1892年的"虎力拉"流行,尤其是伴着生产力之发展,中央都市的劳动者的罢工之勃发,这些都给予了俄国前卫的知识阶级强大的冲动,而使他们从冬眠的状态里醒悟了,而使他们的社会活动转变了方向。仅仅[18]91年的饥馑与[18]92年的"虎力拉",就死去了65万人,这是不能不打动俄国知识阶级的。

现在,俄国的"民众所希望的官宪"对俄国的民众准备着什么,是很明白的了,他们使民众饥饿。他们使民众永远地停于无知的糊涂中,和对犹太人一样,计划使他们憎恶知识阶级的事也已明白。在这里,与那官宪的斗争开始了。那斗争的主力,是应求于何处呢?

自然,这是都市。在农村,即在1891年饥馑之时,持有拒绝知识阶级般自觉的农村,是像往昔一样忍从地食着树皮,而过着死一般沉默的生活。与此并比的产业中心之都会,是一时候的吧,给予了知识阶级一个与大众共同劳动的场所,都会使劳动阶级登上了历史的舞台。1860年,俄国约有一万五千的工厂,五十万人的劳动者。但在1887年,企业之数三万零九百,而劳动者之数,是百三十万人了。在此经过十年后的1897年中,企业人数增到三万九千,而劳动者也达到了二百十万人之多。因此,尼古拉二世在位——从那戴冠式之日起到他最后的临终——都是皇帝与革命运动的斗争。

在农村,依然为"伟大的沉默"的继续;反之,在都会,很长的劳动时间与低廉的工资,却生出了许多的动摇。那动摇,最初表现得最明显的,是有名的1898年贝得尔甫克纺绩(织)工的罢工。在这里,是有3万职工人数的团结。全俄国,都以恐惧之目看这事件。政府是狼狈了。而且,为了镇静国民而出的官报,反而把新事件之重大社会意义,做了普遍的宣传。劳动者方面,也由"劳动阶级解放协会"和其他二十五团体发出了"罢工新闻",努力将罢工的社会意义,对大众阐明。

被这倾向刺激的文学,也急激地带来了社会的性质。当时还是法科学生的安特列夫(L. N. Andreyev)如次地描写某夜会的印象。在这夜会里,"面孔是少年,而那 Energie 的言语之热却是伟人"的乌德鲍特夫出席了。

他，乌德鲍特夫的眼睛，是灵活的(inspiration)辉耀着，美丽的，在我们的目前，渐渐巨人般的大起来了。他的声音是雷鸣。不，在其本质上，是比雷鸣还更洪亮，那是直接由心脏里流出来的人类言语的神圣的音乐。就连怀疑家的我也哭了。很多的人们眼里都有泪，而以亲爱之情看着他。为什么呢？因为口是神听了由他嘴里说出来的话，也没有不爱他的。在这以前与此以后，我没有感到充满于这欢喜中的大胆和有力的气氛。

充满在这欢喜中的勇敢精神，是在批评中和艺术品里都反映出来了。这时代的一切，充满了确信胜利的乐天主义(Optimism)，劳动者成了新的主人公。确认这倾向的，是波波里金的"动桿"。

像这样，劳动问题成了社会注目的焦点。所以，政府借检查的魔手，努力想把它抹杀。《新的言语》《原理》和《生活》等 Marxism 杂志及新闻是完全被禁止了。特别是如像《新的言语》，一般最危险的杂志，从来就在图书馆里禁止阅读。

1893 年 6 月 28 日，内务大臣的训令如次。

最近某种定期刊物，批判我国工厂的状态而触及了劳动者与资本家的关系。其中《贝德尔普尔克报知》有《起于布尔德夫工厂的骚动论》，《祖国之子》有《起于休益工厂的工潮》和《新时代》有《关于尤左夫工厂的骚扰》等论文的发表。内务大臣今后禁止发表这类文章。为什么呢？因为这些文章显著是有偏见，且做不正确的报道，给予真正有害之影响的缘故。

1896年6月8日，更有如次的训示，"禁止印刷关于我国工厂的骚动，和工人与资本家之关系的文章训令，今后应当最严密的遵守施行"。

又，1893年，对于前述纺织工的罢工记事，曾训令各新闻杂志的编辑者，不得擅出政府公报之范围。1897年1月4日，更发出了新的训令。即是说，关于劳资问题的一切文书，今后绝对不许印刷。如此，运动开始潜入地下了。而且，从此以后，都是秘密地出版文书了，关于劳动运动的报道，成为了不合法的；但是，那运动却日日地发展下去。

劳动者们争读过去关于支配阶级写的书籍。在星期日学校、"劳动者讲习所"等里，杀到一般的人多。时常于工作之后彻夜举行读书会。很明白描写这劳动者之知识欲的，有垒赛耶夫的《安特列·伊凡诺基之最后》。1888年，乌斯潘斯基这预见的事便实现了。乌斯潘斯基依于他五十年纪念日劳动者送的祝辞，而预见了新俄文学读者之有力的生长。

依据鲁潘金的名著《书物的激流》，在俄国，1887年印刷了一千八百五十四万册的书物，1901年是印刷了五千八百五十二万九百册。这三倍以上的增加，很明白地证明了劳动阶级读书力之可惊的程度。

这个,尼古拉孛夫现在也还是劳动者挚爱的诗人。而且,贫民阶级代替了小市民,而成了文学的对象。俄罗斯文学展开了新的一章。

以如上一般[19世纪]90年代的历史表现得最好的作家,是沉思的、良心的和最高的知识阶级的垒赛耶夫。垒赛耶夫生于1867年,而至今日也还在做社会风气的小说历史家而继续工作。屠格涅夫也把社会的风气之变迁而艺术地具体化了。可是,他是以恋爱为基调,从侧面为遥遥美丽的眺望而描写。又,波罗尔金是太偏向于琐屑主义(Trivialism)了。为着这样,为全体的时代精神,逸过了风气。而且,垒赛耶夫,他是以自己表现的社会风气为中心而体验的人。他是尝尽[19世纪]80年代的后半与[19世纪]90年代的二时代艰苦而生长的。他的艺术,与他的生活有最密接的关系。而且,他的生活,那是当时最前卫的知识阶级之性格。

1884年,垒赛耶夫十七岁时就进了贝德尔普尔克大学。从这时候起,他开始体验了氛围气,在那自传中,他如次地写着:

> 没有了对民众的信仰。只有羞耻对他们之重大的罪恶意识和自己特权地位的心情。可是,不分道途。斗争是伟大的、魅惑的,我以为是像对加尔洵的狂人的赤花斗争般的悲剧,不能获得效果……1888年,历史科毕业了。同年,进了德尔布特医科。1892年,"虎力拉"大流行的时候,我支配了益卡德里诺斯拉夫县尤左夫附近的某矿山独立Barrack。矿工们和我的关系极好,我是完全获得了他们的信

用。十月"虎力拉"过去了,我已开始准备回去。就在这时候的某天朝晨,矿工中被采用做看护的一人流着血的突然跑了来。由于这报告,是那觉悟了的矿工们,说他与医生有勾结地殴打他;并且,为着要杀我,还有成群地跑着过来。什么躲避的地方也没有了。我们等待群众之袭击,坐等了三十余分钟……1894年,医科毕业。数个月间,在父亲的指导下,学习于兹拉。此后,到了贝德尔普尔克。该年秋天,我完成了长篇《没有理由的吗?》。在这时候,社会的风气是与[19世纪]80年代完全不同了。燃烧着信念的勇敢的新的人们出现了。他们拒绝置希望于农民,而以工厂劳动者之形出现的惊人的成长,指导有组织的势力。他们为作这新兴势力发展的条件,欢迎资本主义。地下运动白热化了。工厂里行着Agitation。和工人一块开研究会,讨论战术上的问题。在今日,到底是不能理解般之牺牲幸福的说教。幸福,是在自己坚决地信仰斗争中。在这信念上,无论什么疑惑恐怕也没有吧。1896年夏天,照例的,有名的纺织工的罢工风潮起来了。这次的罢工,是那样的多数与那样的顽强,而那组织等等,都是使人吃惊的。在理论上,不能说服的人,由这实践而说服了。我也是这样的一个人。在俄国的舞台上,我感到了那堂堂登场的强大之力。我接近了Marxism文学的Grorp。我与史特尔菲、兹康巴拉诺夫斯基、卡姆珂夫、鲍古加尔斯基、涅夫德姆斯基、马斯济夫等和劳动者及革命青年们,发生了种种密接的关系。

这记录,表示垒赛耶夫是一个体验了[19世纪]80年代人与[19世纪]90年代人的,即体验了意志薄弱的父与意志坚强的子之斗争的人。过去,屠格涅夫也描写过"父与子"的争斗。在那场合,他是密接地同情于父亲,且给光荣于被称为"无用者"的弱父方面。反之,垒赛耶夫是常以全身站在子辈方面。站在燃着信念的实行家兼斗士的劳动者方面。他在他的作品里,表现了六个时期:1.《没有道理的吗?》;2.《热病》;3.《歧路》;4.《斗争中》;5.《找生活去》;6.《袋街》。

第一长篇的主人公是[19世纪]80年代人基卡诺夫。他是所谓失了路途的,但不以为自己是个无用者。青年们问他期待"明快的公式"而能够找到什么? 但是,失途的他,代替燃烧青年们之心的言语的,是说明自己的颓废(Toska)。可是,继续[18]91年的饥馑之"虎力拉",转变了基卡诺夫的生活。献身的活动暂时捆着了他。对于死的斗争,他的心,在救济病人的欢喜中兴奋起来了。而且他叫了:"生活是愉快的!"他是依赖于自己的伟业了,但是,这只是一瞬间顽迷的兽一般的群众跑来袭击他了,迷醉了的他们,叫自己的救助者为"使民众饿死的人"而杀了。死了的德克特尔用那冰冷的手,遗书了如次一般没有安慰之道的话。

> 他们杀了我。我是救助他们而来的,为着救助他们,我被杀了。我是为着将自己的力,自己的知识及其他等捧献

于他们之故，被杀了。现在，我已知道，自己是如何地爱护民众。死是必要的。我恐怕的是不死，充满冷酷的无益的苛责生活。我们是常被他们当做他人。

基卡诺夫同着这些话死的时候，是1892年。那时候，在他旁边的，渐渐感到了[19世纪]90年代精神的少女娜达霞，还不知道什么起来了。但是，在1896年罢工风潮开始了的时候，她是已经稳稳地立着了地盘。

第二作《热病》的主人公，是这娜达霞。娜达霞现为大众中心的热心家出现了。他与合法的娜洛德尼基相对照。她对着他们如次地叫着。

完全新的各种问题起来了。你们对于这些问题怎样解决呢？你们现在是失去了一切地盘的茫然了。

这话，是当时革命的Marxism的言论的代表。米哈洛夫斯基在当时的娜洛德尼基的机关志《俄罗斯之富》上，批评娜达霞的如次写着。

娜达霞不知道浅漱地下了水。她不希求她的力量做得到的任务，恐怕她是空然地探求没有何种效果一般最重要的和最有益的东西吧。

当时的新倾向的代表者,不久被逐放了巴列字夫对米哈洛夫斯基做了如次的答复。

> 现在的娜达霞们,决不希求最重要最有益的任务;而是希求与他们的社会观最密接联结的任务。为着他的事业,可以发现其他优秀的人们吧。他们,只是使他们朝着没有人走的今日他们的事业方面走去。

第三长篇《歧路》,时代是更动摇的。在这里,狂信者,不屈不挠的达尼亚,代替娜达霞而出现了。把第一作的基卡诺夫,更想为怀疑家华林卡;第二作的合法的娜洛德尼基,更想为妥协的达卡里约夫了。后者二人,比较达尼亚,时代已是更晚了。在这里,华林卡是同基卡诺夫一样破灭了,达卡里约夫是妥协的。但是,华林卡是不为个人的问题,追求个人的幸福。她是不怕死的。因此,在她的场合上,如果有什么好事情她是可以死的。这个,并非对好事情有确信,只是为着她在要求着死吧。在这里,事实,献身为看护妇的她,于哀怜病人之下,传染着那恶病而死了。

达卡里约夫依于给予自己态度的理论基础,灭杀了自己良心上的蛆。他与妹妹达尼亚完全相反。他是一个意志薄弱不绝动摇的人;但是,达尼亚是坚强的。而反不及第二作的娜达霞。这是对于娜达霞那样起初经过苦苦地探求,而解决了应该做的什么事的人,她是已经为用意的真理受入于全身灵的人。娜达霞是证明了。但是,达尼亚只有指示。因此，他们很相类似。两个人都热心于伟大的事业，且体验了如像恋爱伟业一般的热狂生活。

第四长篇《斗争中》，是描写1905年革命之发端的。这是没有绝叫与反省一般的冷静的事务的描写的。作者只是描写自己观察着的东西。他为参加日俄战争的军医，战后回到故国，看见故国的革命，而狂喜去欢迎这革命的。在这作品里，战争不过是极小范围的描写，即是军医事业的描写。军医的良心在战争中是如何地麻痹了的描写。而且，全作品都是贯穿着哀愁的调子。战争的一切不正、惨酷，沉重地压着主人公的灵魂。作者用如次悲痛的话做结束。

> 罢工风潮完结了。火车已经在各地走了。铁路工人和电信员做着阴郁的面孔，低头于沉思了。自由的祝宴完了！宿醉开始了。各方面都起了赭黑的复仇之波。

1908年，垒赛耶夫的第五长篇《找生活去》出现了。这作品是描写出现于1905年革命失败后的颓废派（Decadent）的精神和指示应该再向实生活去的途径。在这作品里，早就有了那完全觉悟了的劳动者斗士的出现。劳动者、农民、流民及其他等之阶级的人们列列出现。作者把那些社会生活的各Group的特色，做成了那些代表的人物而表现。但是，知识阶级的Type是比其他的劳动者和农民都更描写得好。这是垒赛耶夫常常用知识阶级的眼光观察社会生活变动的当然结果。他是十足的知识阶级，即是精神劳动者，因为这样，他在自己的艺术里,取着最高良心的态度,是异常的谦让。他借这作中主人公的口如次地说:"斗士的大群向着伟大的解放事业而前进。我也加入了这军势。而且,恐怕是一个鼓手吧。"

但是,他只表现了,不为着这进军而奏军歌;欢迎这进军,他的良心是如何地高鸣哟。

十月革命后,1922年,他出了第六长篇《袋街》。在这里,革命的动乱中之知识阶级的姿态,是如实地描写了。但是,那个早就被呼为旧知识阶级的人,浮现于新社会层上的新有力的知识阶级,差不多是没有描写。

垒赛耶夫的创作历史,一言以评之,是德谟克拉西革命的知识阶级的探求历史。而且,他的作品的最大特色,即这探求的精神是无上良心的,而且常常是现实的,即一点也不做作的,异常客观的,写实的。

和垒赛耶夫一样,代表这时代的社会主义文学家高尔基,因为在《俄国文学篇》上有过详细的个人研究,便在这里省略了。

(冈泽秀虎　原作)

人名索引

A. Symons 67/亚瑟·西蒙斯(Symons, Arthur)

Albern G. Widgery 157/阿尔本·G.威杰里

A. C. Ward 157/沃德

Alfred Biese 53/阿尔弗雷德·比泽

Arthur Eloesser 53/阿瑟·埃洛伊塞

Destutt de Tracy 158/德斯蒂·德·特拉西

Ernest A. Baker 100/欧内斯特·贝克(Baker, Ernest Albert)

Euripides 9/欧里庇得斯

F. Gundolf 53/弗里德里希·冈多夫(Friedrich Gundolf)

Florian-Parmentier 172/弗洛里昂－帕芒蒂埃

Albert Milhand 172/阿尔伯特·米约

Fritz Strich 90/弗里茨·施特里希

Julius Peterson 90/尤里乌斯·彼得松

G. M. Miller 14/乔治·莫雷·米勒(George Morey Miller)

Arthur Eloesser 53/亚瑟·艾吕赛

A. E. Berger 53/阿诺德·埃里希·伯格(Arnold Erich Berger)

George Saintsbury 14/乔治·圣茨伯里

R. A. Scott James 14/罗尔夫·阿诺德·斯科特·詹姆斯(Rolfe Arnold Scott-James)

C. E. Vaughan 14、67/查尔斯·埃德温·沃恩(Charles Edwyn Vaughan)

J. E. Spingarn 14/乔尔·埃利亚斯·斯宾加恩(Joel Elias Spingarn)

Gilbert Murray 14/吉尔伯特·默雷

H. G. De Maar 67/哈科·格里·德马尔(De Maar, Harko Gerri)

H. Hettner 53/赫尔曼·赫特纳(Herman Hettner)

H. A. Beers 67/亨利·A. 贝尔斯(Beers, Henry A.)

Johann Pr lss 126/约翰·普洛尔斯

Albert Soergel 126/阿尔伯特·索尔格

K. Siegel 53/卡尔·西格尔(Carl Siegel)

Erich Schmidt 53/埃里希·施密特

Emil Ludwig 53/艾米尔·路德维希

Karl Storck 53/卡尔·施托克

Seh. Walzel 53/Seh. 瓦尔泽尔

L. Denise 79/L. 丹尼斯

G. Pellissier 79/乔治·佩利西耶(Georges Pellissier)

G. Brandes 79、90/格奥尔格·勃兰兑斯

Louis Cazamian 100/路易斯·卡扎米安

Mrs. C. S. Peel 157/多萝西·康斯坦斯·贝利夫·皮尔(Dorothy Constance Bayliff Peel)

T. G. Williams 157/托马斯·乔治·威廉姆斯(Thomas George Williams)

Pierre Lasserre 79/皮埃尔·拉赛尔

Petit de Julleville 79/珀蒂·德·于利维尔

F. Vial 79/F. 维亚

Pope 55；坡伯(Alexander Pope) 2、11、13、55、92/蒲柏

Rud，Haym 90/鲁道夫·哈伊姆(Rudolf Haym)

Ricards Huch 90/理查德·胡赫

Cskar Walger 90/切西卡·瓦尔格尔

Sophocles 9/索福克勒斯

T. Earle 67/厄尔

L. P. Smith 67/史密斯

W. Pater 67/帕特

J. G. Robertson 67/约翰·乔治·罗伯逊(John George Robertson)

William Ralph Inge 157/威廉·拉尔夫·英格

阿·托尔斯泰 139

阿尔代 34/阿尔戴

阿尔兰 170/马塞尔·阿尔朗

阿尔林(Achim V. Arnim) 82、83/阿希姆·冯·阿尼姆

阿古斯特·孔德(Auguste Comte) 105/奥古斯特·孔德

阿克沙科夫 136/阿克萨科夫

阿拉比优 171/阿拉贡

阿斯克姆(Roger Ascham) 2、3/罗·阿谢姆

阿志巴绥夫 139/阿尔志跋绥夫

爱迪生(Joseph Addison) 11、13、55、96/约瑟夫·艾迪生

爱龚·爱尔文·基休 187/哀贡·爱文·基施

爱力希·维尼尔特 187/埃利希·魏纳特

爱伦坡 61/爱伦·坡

爱弥尔·奥其埃(Émile Augier) 114/埃米尔·奥吉耶

爱弥尔·左拉(Émile Zola) 111；左拉(Émile Zola) 68、104、107、108、109、111、112、113、114、115、122、125、158、159、164、166、170、171、179/埃米尔·左拉

爱弥尔金克尔 187/爱弥尔·金克尔

爱幸德尔夫 83/艾辛多夫

安·里涅尔(Han-Ryner) 166/韩·赖纳

安·托杜里希 35/安·托杜里希

安德烈·戴利夫 16、41/Andrey Daleaf

安东尼·伯勒斯 28

安普(Pierre Hamp) 167/皮埃尔·昂普

安潜休达印 156

安特列夫(L. N. Andreyev) 139、193/安德列耶夫

奥厄巴哈(Anerbach) 117/奥尔巴赫

奥克西(Sean O'casey) 153/肖恩·奥凯西

奥丘斯特·根特 158/Ochuster Ghent

奥斯登(Jane Austen) 92/简·奥斯汀

奥希安(Ossian) 14；奥昔安 51、52、60/欧希安

巴比塞 165、168、171/亨利·巴比塞

巴丹 37/Bataan

巴德尔 83/弗朗茨·巴德尔

巴尔贝斯(Barbés) 160

巴尔萨克 26、28/J-L·格兹·德·巴尔查克

巴尔扎克(Honoré de Balzac) 106、107、109、112、113、114、115、134、158、164/奥诺雷·德·巴尔扎克

巴哈 44

巴克宁(Bakunin, M. A.) 178/米哈伊尔·亚历山大罗维奇·巴枯宁(Mikhail Alexandrovich Bakunin)

巴里门特 191/巴尔蒙特·康斯坦丁·德米特里耶维奇

巴列字夫 200/Vallebov

巴列斯(Maurice Barrès) 166/莫里斯·巴雷斯

巴林基诺夫 191；蒲列汗诺夫 191；蒲列哈诺夫 183、191/普列汉诺夫

巴龙哈肯 83/Baron Haken

巴普佛尔德(Samuel Bumpford) 144/塞缪尔·邦普福德

巴斯久 22、23

巴斯克尔 15、16、19、24、25、27、28、38、78/帕斯卡尔

白留替尔 17、18、19、41、68、78/布吕纳介

柏克尔(Pequeur) 160/康斯坦丁·贝魁尔

拜伦(George G. Byron) 62、66、69；拜伦(Lord Byron) 117/乔治·戈登·拜伦

班斯劳特 36/Banslauter

包雪 15、16、19、24、27、30、34、38、39、40/博絮埃

宝尔坦(Luc Durtain) 167/卢克·杜尔丹

鲍古加尔斯基 197/Bogugarsky

鲍洛(Boileau) 8、10、13、15、16、18、19、27、38、39、40、50、56/尼古拉·布瓦洛

鲍涅夫兄弟(Les Frères Bonneff) 167/热雷斯·博纳夫兄弟

鲍特来耳 61/夏尔·皮埃尔·波德莱尔

贝贝尔 180、181/奥古斯特·倍倍尔

贝尔耳(Emmanuel Berl) 169/埃马纽埃尔·贝尔

贝尔拿(Börne) 118/路德维希·伯尔尼

贝尔涅(Ludwig Borne) 118、176/路德维希·白尔尼

贝里洵(Raterne Berrichon) 166/拉特内·贝里雄

贝姆(Benn) 156/本恩

贝耶尔 27、29/Bayer

倍林斯基 130、132、133、134、135/别林斯基

比尔梯耶 22/Biltier

比塞姆斯基 136、137/皮谢姆斯基

比特拉赫(Petrarch) 20/弗兰齐斯科·彼特拉克

比亦尔·鲁柯(Pierre Leroux) 160/皮埃尔·勒卢

彼底(James Beattie) 57/詹姆斯·比蒂

俾斯麦克 180/奥托·爱德华·利奥波德·冯·俾斯麦

波波里金 138、194/布波里金

波德麦(Bodmer) 46、47/博德默

波格达诺夫 190/波格丹诺夫

波罗尔金 196/Borolkin

波色勒耶(Bosserée) 82、83/布比塞里

波塔宾珂 138/波达宾科

伯哈尔底(A. R. Bernhardi) 81/伯恩哈迪

伯克孚(William Beckford) 64、65/威廉·贝克福德

伯乐 29/夏尔·贝洛

伯特拉 23/Bertra

勃朗宁夫人巴列特(Elizabeth Barrett Browning) 145/伊丽莎白·巴雷特·布朗宁

布尔达尔维 24、39/Burdalvi

布尔基(Paul Bourget) 166;蒲石(Bourget Paul) 166/保罗·布尔热

布哈涅尔 176/Buchanel

布克莱（Berkeley）93/贝克莱

布莱丁格（Breitinger）46、47

布莱克（William Blake）59、93/威廉·布莱克

布勒牙（Robert Blair）56/罗伯特·布莱尔

布勒耶牙特 22/Bleyet

布棱他诺（Brentano）119；布仑达洛（Klemens Brentano）82、83/布伦坦诺·克莱蒙斯

布龙菲尔（Robert Broomfield）58/罗伯特·布龙菲尔德

布龙特（Emily Bronte）93/艾米莉·勃朗特

布洛德伊洛思 84/Broad Iloth

布宁 139

布特奈（Samuel Butler）55/塞缪尔·巴特勒

查理第十 101/查理十世

查米耶丁 139/扎米亚京

查斜利亚斯·凡尔勒尔 83/Châteaurias Verrell

察特吞（Thomsa Chatterton）60/托马斯·查特顿

柴霍甫（Chekhov）139；契里柯夫 139/契诃夫

吹田顺助 79、90

达甫达里约夫 191/Davda Riyov

大卫·邵佐（David-Sauvgecot）74

大徐（Wilhelm Schlegel）80、81、82、83/奥古斯都·威廉·冯·施莱格尔

戴·伯龙 22/德波隆（Robert de Boron）

戴·麻尔 65、66/De Marr

戴巴洛 26

戴德罗 24、25/德尼·狄德罗

戴尔(John Dyer) 57/约翰·戴尔

戴兹尼耶尔夫人 26

旦尼生 61/丁尼生

但丁(Dante) 20

德俄佛尔 26、28

德孚(Defoe) 55、96;迭孚(Defoe) 97/笛福

德克特尔 198/Decotel

德人雅各·标耶麦 84/Jacob Bidemah

登威潜科 156/丹钦科

邓亨(Sir John Denham) 54/约翰·德纳姆爵士

狄更司(Charles Dickens) 134、145;迭更斯(Dickens) 96/狄更斯

狄卡夫(Lucien Descaves) 166/卢西恩·德卡夫

狄斯勒利(Benjamin Disraeli) 146/狄斯累利

笛卡儿 15、16、21、26、28、43、69/勒内·笛卡尔

蒂里哀(Tillier) 164/蒂利尔

都德(Alphonse Daudet) 110/阿尔丰斯·都德

都亚梅尔(Duhamel) 168/乔治·杜阿梅尔

杜尔狄宁 136/Durdinin

杜勒登(John Dryden) 1、2、8、9、10、55/约翰·德莱顿

杜洛德亚·法依特 81、82/Dulodya Fayette

多德(Leon Doudet) 166/列昂·都德

俄阿贴尔 28

俄克南·德·拉·弗勒耶 22/Oknan de la Fleje

俄洛勒·戴尔佛 28/Ollor Delver

厄里略脱（Ebeneezer Elliot）144/埃比尼泽·艾略特

恩格斯（Fr. Engels）116；恩格思 180、181/弗里德里希·恩格斯

法格 41/Fager

法格耶 83/Fagye

法兰格（Francke）44/佛朗开

法郎梭·德·沙尔 22；佛郎梭·德·沙尔 28/Franco de Châle

法朗士（Anatole France）166/阿纳托尔·法朗士

范尔让（Jean Valjean）73/冉·阿让

方特勒尔 26、27、29/丰特内尔

非德烈大帝 46、47；非德烈大王（Friedrichder Grosse）42/腓特烈大帝

菲尔丁（Henry Fielding）56、96、97、98/亨利·菲尔丁

斐里普（Charles-Louis Philippe）165、168；斐里普（Philippe, C. L.）167/查尔斯-路易斯·菲利普

费尔巴哈（Ludwing Feuerbach）101、116/路德维希·费尔巴哈

费劳贝尔 78；费劳贝尔（Gustave Flaubert）104；弗劳贝 68；弗劳贝尔（Gustave Flaubert）77、104、109、111、112；弗罗贝尔（Custave Flaubert）159、163/居斯塔夫·福楼拜

费里德利希 83/费里德里希

费奴龙 26、30/费奈隆

费希特 87、89

佛理契 105、114

佛龙德 37/Flonde

佛罗·托里斯丹 160、161；托里斯丹 161、162；Flore-Celestine-Therese-Henriette Tristan Moscoso 160

夫莱塔格（Freytag）121/弗雷塔格

夫棱森(Frenssen) 126/弗伦森

弗德烈·库姆麦尔 89/Frederick Koummel

弗莱柴(James Fraser) 64/詹姆斯·弗雷泽

弗莱里拉特(Freiligrath Ferdinand) 176、177/费迪南德·弗莱里格拉特(Ferdinand Freiligrath)

弗龙德 35

弗南兹戎克 185/Fernands Junk

伏德(Thomas Hood) 145/托马斯·胡德

福禄特尔 26、28、29、44、72/伏尔泰

福斯(J. H. Voss) 80/约翰·海因里希·福斯

傅利叶 113/傅立叶

高尔基 139、190、202

高尔斯华绥(John Galsworthy) 147、150、153

哥博 28

哥德 118、119；歌德 42、44、45、46、47、49、51、52、69、80、81、85、118、183/歌德

哥尔德斯密(Goldsmith) 96/哥尔德斯密斯

哥尔利治(Samuel T. Coleridge) 59、61、62、64、66/塞缪尔·泰勒·柯勒律治

哥郭里 137；歌郭里 131、132、133、134、135、136、137、138/果戈理

哥罗 119 /Geno

歌德斯密 57/哥尔德斯密

格尔勒尔 83/Geller

格尔司登堡(Gerstenberg) 48/格斯坦伯格

格拉伯(Christian Dietrich Grabbe) 118、120/克里斯蒂安·迪特里希·格

拉伯

　　格莱(Thomas Gray) 57/托马斯·格雷

　　格莱蒙(Gleim) 48/格莱姆

　　格勒尔特(Gellert) 47/盖勒特

　　格里波厄多夫(Griboedov) 130、131/格利鲍耶陀夫

　　格里哥罗维契 136/格利戈罗维奇

　　格利耶生(Grierson) 99/格里尔森

　　格洛卜司妥克(Klopstock) 44、46、47、48、49、50/克洛普斯托克

　　格赛夫·科连普尔格斯基 139/古赛夫·奥伦勃洛夫斯基

　　格斯奈(Gessner) 48/格斯纳

　　葛川笃 79

　　葛洛梯斯 19/葛洛休斯

　　宫岛新三郎 14、157

　　龚察洛夫 136、137、138/伊凡·亚历山大罗维奇·冈察洛夫

　　龚古尔兄弟(Jues Edmond de Goncourt) 108;龚古尔兄弟 111/埃德蒙·德·龚古尔和茹尔德·龚古尔

　　古尔布 191/Gulb

　　古尔伊基 191/Guriki

　　古凡叶 24

　　古兹柯夫(Gutzkow,K.) 179;古兹科(Gutzkow) 117、118/卡尔·费迪南德·古茨科(Karl Ferdinand Gutzkow),又译古茨柯夫

　　管勒·布勒耶 41

　　郭贝尔维尔 23、28

　　郭德谦(Gottsched) 47;郭特谦 46、49/戈特舍德,又译戈特谢德

　　郭约勒斯 83/安德烈·约勒斯

哈代(Thomas Hardy) 94、95、98、99/托马斯·哈代

哈尔登(Maximilian Harden) 125 /马克西米利安·哈登

哈涅斯·益尔·毕贝尔 175

海涅(Heine Heinrich) 117、119、176、177/海因里希·海涅(Heinrich Heine)

海神布洛妥思 87/海神普罗特斯

海音利 188

韩曼(Hamann) 50、52;汉曼(J. G. Hamann) 85/哈曼

韩特尔 44/治·弗里德里希·亨德尔

何布士 43/托马斯·霍布斯

何克 63/霍克

何朴(Thomas Hope) 64/托马斯·霍普

荷尔兹(Holz, A.) 122、123、124、179/阿诺·霍尔兹

荷马(Homer) 4、12、47、51、52、55

贺勒斯(Horace) 12/贺拉斯

赫贝尔(Hebbel) 118、119、120/弗里德里希·赫贝尔

赫德尔(Johann Gottfried Herder) 43、44、45、46、47、49、50、52、85 /约翰·哥特弗雷德·赫尔德

赫尔夫克(Herwegh Georg) 176、178/海尔维格·格

赫克尔(Haeckel) 122/艾伦斯特·赫克尔

赫洛普(Harold Heslop) 154/哈罗德·赫斯洛普

黑格尔 101、116、119

亨利耶德·赫尔兹 81/Henry Yed Hertz

华尔夫(Theodor Wolff) 125/特奥多·沃尔夫

华列斯(Jules Vallès) 164、165/儒勒·瓦莱斯

华滋华斯(Wordsworth) 144;威士威斯(William Wordsworth) 59、62、66、

92、93/威廉·华兹华斯

怀塞（Weise）43、47/魏泽（Christian Weise）

霍夫曼（Hoffmann）69、83/恩斯特·特奥多尔·威廉·霍夫曼

霍甫特曼 124、125、179/霍普特曼

霍罗夫拿 119/Khorovna

基尔巴哈（Kirchbach）122

基卡诺夫 198、199、200/Kikanov

基洛 26/Quinault

基诺维夫 151/季诺维也夫

吉那克 28/Genak

纪德 166；季特 15/纪德

加尔洵 138、196/弗谢沃洛德·米哈伊洛维奇·迦尔洵

加洛林 82/Carolingine

加斯克尔夫人（Elizabeth Oleghorn Gaskell）146/伊丽莎白·克莱格雷恩·盖斯凯尔

嘉尔列 34/Galle

见德那 83

蒋生（Benjamin Jonson）4、6、7、8、10、92/本·琼森

金克斯烈（Charles Kingsley）146/金斯利

金特 83

喀尔洵 136、137/赫尔岑

卡贝（Cabet）163；卡贝特（Cabet）160/埃蒂耶纳·卡贝

卡尔·布列克尔 188/Karl Bricker

卡尔·格留培尔克 188/Karl Grüberk

卡尔·马克斯 113；马克斯（Karl Marx）101、113、116、122、143、148、176、

177、178、180、181、183/卡尔·马克思

卡莱尔(Carlyle,T.) 145、146

卡洛林 80/卡罗琳

卡孟斯基 139/卡曼斯基

卡姆珂夫 197/Kamkov

卡也尔(Fiorian Geyer) 125 /菲奥里安·盖尔

坎伯尔(Compbell,G. A.) 151

康德(Kant) 45、47、50、85

康德莎 83/Condesa

康拉德(M. G. Conrad) 121

康西德兰(Considérant) 160/维克多·康士德兰

考勒(Abraham Cowley) 54、55/亚伯拉罕·考利

柯勃(François Coppée) 164/弗朗索瓦·科佩

柯尔伯耶尔 24/Colberyer

柯勒夫 83/Kolhof

柯林斯(William Collins) 57、61/威尔基·柯林斯,或威廉姆科林斯

柯奈耶 15、16、26、28、34、36、37、38、39、50、56、73/高乃依

柯蒲林斯基 192/Kopollinsky

柯勿莱(Sir Rogerde Coverley) 96/罗杰·德·科维利爵士

科罗连科 138/柯罗连科

克贝(Gustave Courbet) 165/古斯塔夫·库尔贝特

克尔柯克·比由涅尔 176/Kirkock Birner

克尔特·克莱培尔 187/Kerter Kleber

克尔特·克罗斯丁 187/Kirt Kröstin

克尔温 22、23、24、70/Kerwin

克拉(Keller) 121/戈特弗里德·凯勒

克拉伯(Crabbe) 92；克拉布(George Crabbe) 144/乔治·克拉布，或乔治·克雷布

克拉德尔(Cladel) 164；克洛台耳 15/保罗·克洛岱尔

克拉拉·遂特金 183/克拉拉·蔡特金

克莱斯特(Ewald von Kleist) 48/埃瓦尔德冯·克莱斯特

克莱斯特(Heinrich V. Kleist) 83/海因里希·冯·克莱斯

克列斯托夫斯基 136/Krestovsky

克列兹亦尔 179/Krezejer

克林格尔(Klinger) 52/弗里德里希·马克西米利安·克林格

克罗特·倍尔那尔 112/克洛德·贝尔纳

克奈朴 58/克拉卜

孔米 22

库柏(Thomas Cooper) 145/托马斯·库珀

库伯(William Cooper) 57、58/威廉·库珀

库普林 139

拉·布留耶尔 26、31/La Bryuère

拉·法尔 26/La Farr

拉·克尔布尔勒耶特 23、28、36/La Kelburleyette

拉·莫特·鲁·维耶尔 26/La Motte Rue Vier

拉布勒(Rabelais) 21、22、23、30、31/拉伯雷

拉方登 15、16、38、50；拉·方登 27/让·德·拉·封丹

拉堪 28/腊康

拉赖克利夫(Ann Radeliffe) 63/安·拉德克利夫

拉马丁 30、68、77

拉萨尔 176；拉赛尔 178、180、181/斐迪南·拉萨尔

拉色勒(Pierre Lasserre) 69/皮埃尔·拉塞尔

拉维 114/Ravi

拉辛(Racine) 8、15、16、18、19、27、29、34、38、39、40、50、56、71

腊伯(Raabe) 121/维廉·拉贝

辣斐德夫人 24/拉法耶特夫人，也译拉斐特夫人

莱卜里兹(Leibniz) 43、45、46、47/莱布尼茨

莱尔修 188/Lyle Hugh

莱芒托夫(Lermontov) 131、134/米哈伊尔·尤里耶维奇·莱蒙托夫

兰格南(Langland) 93、94/朗兰

兰培耶侯爵夫人 26、28；南贝耶尔侯爵夫人 26、29/德·朗布依埃侯爵夫人

兰却克 41/Ranchok

兰撒(Allan Ramsay) 57/阿兰·拉姆塞

劳伦斯(D. H. Lawrence) 153/戴维·赫伯特·劳伦斯(David Herbert Lawrence)

勒美左夫 139/列米佐夫

勒辛(Gotthold Ephraim Lessing) 43、45、46、47、49、50、51/莱辛

勒兹 24、37/Lez

雷瑙(Lenau) 117/尼古拉斯·雷瑙

垒赛耶夫 190、195、196、198、201、202/维肯季·维肯季耶维奇·魏列萨耶夫

冷兹(Lenz) 52/西格弗里德·伦茨

黎尔 77、78

李芬(Rahel Levin) 81；李芬夫人 83/拉赫尔·莱文

李夫(Clara Reeve) 63/克拉拉·里夫

李哥尔 25、35

李佳孙(Richardson) 97、99;李却生(Samuel Richardson) 55/塞缪尔·理查森

李卡尔达·孚夫女士 87;利卡尔达·孚夫 85 /Ms. Likarda Furf

李特尔 82

里普涅特 180/Ripnet

力立恩克伦(Liliencron) 123/利利恩克戎

廖耶奔伯爵 83

列宁 191

列斯珂夫 138/尼古拉·谢苗诺维奇·列斯科夫

刘唯士(Matthew G. Lewise) 64/刘易斯

刘西安·约汉(Lucien Jean) 167/吕西安·让

龙德尔 34/朗德尔

龙格 83/菲利普·奥托·龙格

龙沙尔 22、23

卢美(Louis Loumet) 167/路易·卢梅

卢美特尔(Jules Lemaitre) 166/于勒·勒梅特尔

卢莫尼亚 170/Lumonia

卢梭 24、25、33、34、44、50、52、77、160

鲁·莫安 23/Rue Moan

鲁比勒尔 185/Rubille

鲁康特·德·黎尔 68/Ruconte de Lêr

鲁纳莱尔 105/Runalaire

鲁潘金 195/Rupankin

鲁勿亚 24/Rubier

陆克 19、21、43/约翰·洛克

路得维希(Ludwig,O) 121/约翰·路德维希·乌兰特

路德(Luther) 70/马丁·路德

路那尔(Jules Renard) 165/彼埃尔·朱勒·雷纳

路易·菲力甫 101/路易·菲利普

路易·普郎(Louis Blanc) 160/路易·勃朗

路易第十四 15、16、17、18、19、26、27、28、29、30、35、37、39、40、41、73;路易大帝 15;路易王 17/路易十四

罗贝(Laube) 117/亨利希·劳伯

罗道夫·汤姆·柯奈耶·德·里叶 36/托马斯·高乃依

罗登(Thomas Norton) 4/诺顿

罗兰(Ledru Rollin) 160/莱德鲁·罗林

罗兰(Romain Rolland) 166;罗曼罗兰 128、166、168/罗曼·罗兰

罗曼(Jules Romains) 167/朱尔·罗曼

罗色底 61/但丁·加百利·罗塞蒂

罗斯丹(Edmond Rostand) 164/埃德蒙·罗斯丹

洛尔生(Sharper Knowlson) 自序 1/诺尔森

洛伐里斯(Novalis) 69、78、81、82、86、87/诺瓦利斯

马都林(Charles R. Maturin) 64/查尔斯·马杜林

马杜勒·施克德利 25/Madul Shkreli

马尔基涅(Marcel Martinet) 167、168/马塞尔·马丁内特

马克基尔 154;马克塞尔(Patrick MacGill) 153/帕特里克·麦吉尔

马克唐纳德(Macdonald,J. R.) 151、155/麦克唐纳

马勒朴 26、28/马莱伯

马利俄 34/Malio

马利尼 28/马利尼·柯凯

马洛(Christopher Marlowe) 4、99/克里斯托弗·马洛

马斯济夫 197/Masziv

马维尔(Andrew Marvell) 55/安德鲁·马维尔

马札兰 17、37/马萨林

迈尔(K. F. Meyer) 121/康拉德·费迪南·迈耶(Conrad Ferdinand Meyer)

麦克芬生(James Macpherson) 60/詹姆斯·麦克弗森

麦克斯·帕尔提尔 187/Max Paltier

麦耶勒 28、34/Meyerle

曼德龙夫人 24/曼特农夫人

茅野萧萧 90

梅林格 183/弗兰茨·埃德曼·梅林

门则尔(Menzel) 117、118/沃尔夫冈·门采尔

蒙旦(Montaigne) 21、22、23、24、25、26、27、30、31、35/蒙田

孟德斯鸠 44

米尔波(Octave Mirbeau) 166/米尔博

米尔顿 11、12、46、47、55、66;密尔顿(Milton) 98/约翰·弥尔顿

米哈洛夫斯基 199、200/尼·康·米哈伊洛夫斯基

米修尔(Louise Michel) 165/路易斯·米歇尔

米修烈(Michelet) 163/米修连

缪勒尔夫人 83/Mrs. Müller

莫泊桑(Guy de Maupassant) 104、109、110、111、112、168/居伊·德·莫泊桑

莫尔逊(Miles Mallson) 156/迈尔斯·马尔森

莫里哀 15、16、18、19、27、29、34、38、39、40、56

莫理斯（William Morris）146、147、148/威廉·莫里斯

莫利尔（James Morier）64/詹姆斯·莫里尔

莫妥维尔夫人 37/Mrs. Mortavier

穆尔（George Moore）63、92、94/乔治·摩尔

穆塞 76、77/阿尔弗莱·德·缪塞

内藤濯 79

内藤濯 79

纳喜（Nash）97/纳什

奈斜尔德 81/Nisseld

尼古拉（Fr. Nicolai）80/尼古拉女士

尼古拉孛夫 196/Nikolai Bov

尼古拉梭夫 136/尼古拉·阿列克塞耶维奇·涅克拉索夫

尼古拉一世 129

涅夫德姆斯基 197/Nevdemsky

欧肯 83/鲁道夫·克里斯托夫·欧肯

拍息（Thomas Percy）52、60/托马斯·珀西

潘士·兰德 182/Pans Rand

潘士·罗尔培尔 188/Pans Roerpel

培根（Sir Francis Bacon）6/弗朗西斯·培根

佩特（Pater）61/瓦尔特·佩特

朋斯（Robert Burns）58/罗伯特·彭斯

彭菲而特 185/Penfiert

皮赫尔 187、189/Picher

品达洛（Pindarus）54/品达罗斯

蒲西拿（Georg Büchner）118、120/格奥尔格·毕希纳

普登威金 156/普多夫金

普尔顿(Breton) 170/布勒东

普拉(Henri Poulaille) 165;Henri Poullaille 172/亨利·普莱耶

普莱斯脱(Marcel Proust) 169;普鲁斯特 15/马塞尔·普鲁斯特

普里贝尔 120/普里贝尔

普鲁东 113;普洛敦 160/蒲鲁东

普罗克威(Fenner Brockway) 156/芬纳·布罗克韦

普罗列达利亚特 176、182、184、185/普罗列塔利亚特

普希金(Pushkin) 131、132、134/亚历山大·谢尔盖耶维奇·普希金

岐次(John Keats) 57、61、57、62、64、66/济慈

乾姆斯(Henry James) 95/亨利·詹姆斯

乾姆斯(William James) 93/威廉·詹姆斯

乔尔达阿洛·普鲁洛 84/Giorda Alo Prolo

乔叟(Chaucer) 94、100/杰弗雷·乔叟

乔香·德·贝勒耶 22/Jocent de Belleye

乔治(George,Henry) 148/亨利·乔治

乔治·耶略特女士(George Eliot) 95/乔治·艾略特

乔治桑特 134、159、160、161/乔治·桑

日夏耿之介 67

萨尔提科夫 136/萨尔蒂科夫·谢往林

萨基斯元帅 161/Marshal Sakis

萨克维尔(Thomas Sackville) 4/托马斯·萨克维尔

塞巴斯丁·麦歇尔(Sebastien Mercier) 73/塞巴斯蒂安·梅西尔

塞凡底斯(Cervantes) 88/塞万提斯

塞兰古尔 77

塞维尼耶夫人 24/赛维里叶侯爵夫人

塞札尔 31/Sezar

骚齐(Southey) 59、62/骚塞

森鸥外博士 95

沙布郎 23、33、35、36

沙发吉(Richard Savage) 56/理查德·萨维奇

沙拉散 38

沙留斯特 31

沙弄 26、27/沙朗

莎菲·麦洛娥(后为布仑达洛夫人) 82/Shafie Melloe(Mrs Brendalov)

莎士比亚(Shakespeare) 4、5、7、13、48、51、52、55、62、88、94、99/威廉·莎士比亚

山岸光宣原 126/山岸光宣

山德曼 26、28/Sandman

升曙梦 139、190/昇曙梦

圣·伯夫 158/圣·伯夫

圣玛丽·勒德克利夫寺 60/St. Mary's Ledcliffe Temple

圣佩苇(Saint-Beuve) 自序1；圣佩韦 27、41/圣·伯夫

圣特耶维尔蒙 26/Saint-Tejevilmont

圣西门 113/圣西门

圣西蒙 16、24、26

圣西蒙 16、24、26/圣西门公爵

圣兹伯雷(Saintsbury) 11/圣次勃利

诗神(Muses) 20/缪斯

施宾塞(Spener) 44/施彭纳

施笃谟（Storm）121/汉斯·台奥多尔·沃尔特森-施托姆

施加龙 28、34、36

施克德利 28、36

施莫雷（Taobias Smollet）56/托比亚斯·斯摩莱特

施启达列兹 139

施特尔夫 191/Stelff

施梯尔（Richard Steele）55/理查德·斯梯尔

施梯芬生（Stevenson）97/史蒂文森

施透（Laurence Sterne）56、98/劳伦斯·斯泰恩

施文班 61/史文朋

石川涌 172

草野贞之 172

史悲尔哈根（Spielhagen）121/斯皮尔哈根

史台尔夫人 70、75；修台尔夫人 83/斯塔尔夫人

史特尔菲 197

史维夫特（Jonathan Swift）55/乔纳森·斯威夫特

释勒 183；席勒 119；徐勒尔（F. Schiller）45、47、52、69、80、81、82、85、90/席勒

叔列尔（Georges Sorel）166、167/乔治·索雷尔

司各德（Sir Walter Scott）63、66、69/瓦尔特·司各特

司梯芬斯（Henrik Steffens）82/亨利克·斯特芬斯

斯宾塞（Edmund Spenser）3/埃德蒙·斯宾塞

斯丹达尔（Standhal）106、134、158/司汤达

斯克里布（Scribe）117、119

斯托拉斯（D. F. Strauss）116/D. F. 施特劳斯

绥拉菲摩微克 139/绥拉菲莫维奇

塔梭(Tasso) 47/塔索

塔昔特(Tacitus) 30/塔西陀

台克(Ludwig Tieck) 81、82、83、84/路德维希·蒂克

太田善男 100

泰纳(Hypolite Taine) 108/伊波利特·泰纳

汤蒙生(James Thomson) 57/詹姆斯·汤姆森

忒克里 134/萨克雷

忒里伏 170、171/Therivaux

特尔休列斯(Dorgelès) 168/罗兰·多格莱斯

特勒尼约夫 139/Treniyov

藤森成吉 189

屠格涅夫 136、137、138、196、198

托尔斯泰 122、127、128、139、190

托里斯托夫 166/Toristorv

托马斯曼(Thomas Mann) 125/托马斯·曼

妥玛休斯(Thomasius) 43/托马修斯

妥斯退益夫斯基 122、136/陀思妥耶夫斯基

瓦尔波尔(Horace Walpole) 63、65/贺拉斯·沃波尔

瓦肯洛德(H. W. Wackenroder) 81、82/威廉·亨利希·瓦肯罗德

瓦拉(Valla, L.) 122/洛伦佐·瓦拉

瓦勒(Edmund Waller) 54/埃德蒙·沃勒

威尔海伦·海格莱尔 182/Will Helen Hagriel

威尔斯(H. G. Wells) 147、150/赫伯特·乔治·威尔斯

威尔特(Werth) 168/韦尔特

威尔逊(James C. Welsh) 155、156/詹姆斯·威尔士

威金逊女士(Eilen Wilkinson) 154、155/艾琳·威尔金森

威林顿 120/惠灵顿

威普(Webb, S. J. B. P) 148/韦伯夫妇(比阿特丽斯·韦伯和悉尼·詹姆斯·韦伯)

维尔比兹卡亚 139/Vilbizkaya

维尔德拉克(Charles Vildrac) 167/查尔斯·维尔德拉克

维赛耶夫 139/Visaiev

魏吉尔(Virgil) 12、47/维吉尔

魏兰特 46、47、48、49/Weilant

魏尼 15、77/维尼

魏梯维尔 26、28、38/Wittyville

温克尔曼(Winckelmann) 44、45、51、80

乌德鲍特夫 193、194/Udbautev

乌南特 83/Unant

乌斯潘斯基 195；乌斯宾斯基 138/乌斯宾斯基

乌特尔·古撒 158/Utre Guza

吴尔夫(Wolf) 43/伍尔夫

西拉诺·德·贝尔 28/西拉诺·德·贝尔热拉克

席尔格益夫·忠斯基 139/Sirgiv Zynsky

席拉夫(Schlaf) 123、124

夏尔夫 179/Sharf

夏尔哈金 121/Char Hakin

夏弗伯雷 44/Schafferbury

夏列司·培基(Charles Peguy) 166/夏尔·贝玑

夏妥伯里安 77/夏多布里昂

萧伯纳（Bernard Shaw）147、148、149、150

萧俄留 26/Shaw Olyus

箫巴特（Schubart）52/舒巴特

小哥尔利治兄妹 63/小柯勒律治兄妹

小木匠乌里姆·罗威特 142/Ulym Lovett, the Little Carpenter

小牧近江 115、172

小徐勒格尔（Fr. Schlegel）80；小徐 81、82、83、85、86；Friedrich 80/卡尔·威廉·弗里德里希·施莱格尔

小仲马（Alexandre Dumasfils）114/亚历山大·小仲马

斜米梭 83

谢林（Schelling）51、82、83、88

谢志夫 139

休夫依尔 180

休曼斯 63

休美里约夫 139

休谟 44、85

修（Sue）117、119；雨金涅·修（Eugène Süe）163/欧仁·苏

修赖耶尔马许尔 51、81、82、86、88/Shuraiyer Marshall

修尼·朴留登姆 68/Shoni Parkrudenm

徐比勒 22

徐德尔克 46

徐德尼（Sir Philip Sidney）3、4、5、6/锡德尼

徐勒格尔（Johann Elias Schlegel）47、80、85/施莱格尔, J. E.

徐妮夫人（Mary Shelley）64/雪莱夫人

许兹予 83/海因里希·许茨

叙爱神(Venus) 3/爱神维纳斯

薛司登(William Shenstone) 57/威廉·申斯通

雪克诺夫 190、191/Shekonov

雪尼(Percy B. Shelley) 62、66、69;雪莱(Shelly) 144/珀西·雪莱

颜保罗(Jean Paul) 118/让·保罗

杨爱华(Edward Young) 56/爱德华·杨

耶德蒙·杜兰第 107/Jedmund Durandy

耶勒斯特·鲁南 68/欧内斯特·勒南

耶仑休泰因 185/Yellenshutine

伊波里特·德奴 158/Hippolyte Denu

伊凡果尔 185/Ivangol

伊弗兰特(A. W. Iffland) 80/伊夫兰特

伊拉斯莫斯(Erasmus) 21/伊拉斯谟,又译伊拉斯姆斯、伊拉斯谟斯

伊丽莎伯 94、97、98、99/伊丽莎白

尹巴尔克(Ludwig Wienbarg) 118/路德维希·维恩巴格

尤西喀·维基 139/Yusika Wiki

犹丝曼 111/于斯曼

雨果(Victor Hugo) 30、70、73、74、75、77、78、101、111、118、127、134、159/维克多·雨果

约哈尼斯·罗比尔德·皮赫尔 186/Johanis Robilde Pigel

约汉·林诺(Jean Renaud) 160/让·雷诺

约翰·保尔 89

约翰·奈斜尔德(Johann Fr. Reichardt) 81/约翰·雷查特神父

约翰生(Samuel Johnson) 1、2、11、13、14、55/塞缪尔·约翰逊

战神（Mars）4/战神玛尔斯

支干巴拉诺夫斯基 191/图甘-巴拉诺夫斯基

中柯兹耶布 82

兹康巴拉诺夫斯基 197/康·巴乌斯托夫斯基

兹拉特夫拉斯基 138/Zlatvlaski